# Andrea Landfried

# Pasteurgasse 4, täglich

FRANKFURTER  VERLAGSANSTALT

**FVA**

# Pasteurgasse 4, täglich

Herr Leopold und Frau Leopold waren beide Augenärzte, und sie waren Menschen, die hinsahen, ganz offensichtlich, sich nicht irreleiten ließen vom Blick der anderen, sondern selbst wahrnahmen und entdeckten. Sie entdeckten Egon Schiele, der an der Grenze zwischen Eros und Tod malte, so steht es bei Wikipedia, wobei ich diese Verbindung von Eros und Tod, die es ja tausendmal gibt in der Literatur und Musik, nicht verstanden habe, bis ich die Geschichte mit Ruth erlebte. Als aber Egon Schiele noch völlig verpönt war, da kauften Herr und Frau Leopold Unmengen seiner Bilder, für einen Appel und ein Ei, wie man sagt, und heute ist ihre Sammlung 570 Millionen wert und wird gezeigt im Leopold Museum in Wien. Als diese Geschichte begann, lebte Herr Leopold noch, und er schien es zu mögen, in der Kantine seines Museums rumzuhängen, wobei Rumhängen nicht der passende Begriff ist, denn er stand kerzengerade in einem Anzug und mit Schlips da und schaute wie gebannt auf Ruth und mich; er schien uns entdeckt zu haben zwischen all den anderen Kunsthungrigen, die jetzt Apfelstrudel mit Sahne aßen wie wir. Er gab sich gar keine Mühe, sein Erstaunen zu verbergen, er starrte uns unverhohlen an, er schien zu sehen, was wir bereits fühlten, wir müssen so was wie die lebendige Version seiner Schiele-Bilder gewesen sein, etwas eigentlich Unsichtbares, das sonst nur fühlbar war, das sich hier aber verdichtete im Raum, dass man es sehen konnte, war man hierzu begabt. Herr Leopold jedenfalls schien bereits in Ruth und mir zu sehen, was auf uns zukam, es fühlte sich an wie ein Energiestrudel, obwohl wir nur vor unserem Apfelstrudel saßen, den Ruth bezahlt hatte für mich, was mich im Nachhinein wundert, denn Ruth war immer so besorgt um ihr Geld, dass sie unter normalen Umständen niemals eine fremde Frau für fast zehn Euro in einem Museumscafé zu so unnützen Dingen wie Apfelstrudel mit Sahne eingeladen hätte. Sie war Künstlerin, Fotografin, und sie steckte jeden Euro, den sie übrig hatte, in ihre Altersvorsorge. Sie investierte in Aktien, die eine Finanzberaterin ihr empfahl, und das machte mich nun wieder besorgt. Aktien konnten fallen, und das taten sie auch in späteren Jahren, als ich schon lange keinen Kontakt mehr hatte nach Wien. Als die Börse zusammensackte, dachte ich sofort an Ruth und ihre mühsam zusammengeklaubten Aktienpakete. Alles, was ich vorausgeahnt hatte, war eingetreten, auch, dass sie mir so leidtat, dass ich ihr viertausend Euro überwies, was ich manchmal bereue.

Ich finde es ein schönes Phänomen, wie Lesben Lesben erkennen, die, wie in meinem Fall, keine Spur aussehen wie Lesben. An dem Tag, als ich Ruth im Leopold Museum zum ersten Mal sah, trug ich sogar einen Rock aus einem weichen dunkelgrünen Stoff, eng anliegend und lang, darüber einen weißen Rolli aus Kaschmir. Wenn ich sage, es sei ein Phänomen, meine ich nicht, dass es mich wundert. Es ist ein natürliches Erkennen, wie bei einem Tier, das sofort weiß, ob es mit einem Weibchen oder einem Männchen zu tun hat. Als wir uns verabschiedeten, hielt Ruth meine Hand fest.

Ich wohnte zu der Zeit im Vienna Sporthotel, einer Vertreterabsteige im 3. Bezirk. Alles war aus Plastik, sogar die Bilderrahmen. Es gab einen fensterlosen Indoor-Golfplatz, einen Tümpel, der als Pool ausgewiesen wurde, und auf den Zimmern Pay-TV. Über dem Bett hing ein großes Foto von einem Geländewagen, der nur auf dem rechten hinteren Rad und ansonsten in der Luft stand, Staub wirbelte um ihn herum, und auf der Frontpartie sah man durch den Staub als Einziges erkennbar: SHELL. Ich hatte das Hotel gewählt wegen des Preises und seiner Lage direkt neben der Universität für Musik und darstellende Kunst, an der ich vorsingen würde, denn ich verlaufe mich immer, tappe heulend durch fremde Gegenden. Ich würde am nächsten Morgen singen, und am Abend davor kam Ruth zur Rezeption und erklärte dem Hotelmanager seine Allgemeinen Geschäftsbedingungen: Übernachtungen von einer weiteren Person inbegriffen. Damit waren mit Sicherheit Prostituierte gemeint, aber Ruth hatte eine schwarze Bikerjacke an, und ihre dunklen Locken standen wunderbar wirr um ihren Kopf, und der Hotelmanager gab klein bei.

Als ich Ruth kürzlich das Geld überwies und dafür erst mal ihre neue E-Mail-Adresse herausfinden musste, habe ich auf ihrer Internetseite ein Foto von ihr gesehen, wie sie heute aussieht. Ihre Locken sind jetzt grau, sie färbt sie nicht. Sie ist noch immer schlank, und schon damals erstaunte mich immer wieder die Biegsamkeit ihres Körpers. Manchmal hielt ich inne, um mir zu vergegenwärtigen, in welcher Position sie sich gerade befand und wie lange sie gewisse Dehnungen durchhielt. Ihr Körper scheint noch immer von dem Leistungssport zu profitieren, den sie in ihrer Kindheit und Jugend gemacht hat. Das war eine Sportart, von der ich bis dahin noch gar nicht gehört hatte: Rhythmusgymnastik. Ich habe mir auf YouTube mal ein paar Rhythmusgymnastikvideos angeschaut und fand, dass dieses Exakte, Einstudierte und irgendwie Abgehackte überhaupt nicht zu Ruths Art passten, so wie ich sie kennengelernt habe. Versuchte sie doch gerade, mir das Entspannte beizubringen, in dieser Hinsicht benahm sie sich wie eine richtige Lehrmeisterin. Sie war damals achtunddreißig und ich fünfundzwanzig, aber ich glaube, dass es nicht der Altersunterschied war, der sie zu meiner Lehrerin machte. Sie war schon damals so selbstsicher, konnte entschieden, und ohne dass es ihr unangenehm war, ein klares Nein zu manchen Dingen sagen. Sie strahlte diese Klarheit aus, sagte, was sie wollte und was nicht. Ich verscherzte es mir damals mit einigen Leuten, weil auch ich so stur versuchte, meine Interessen durchzusetzen. Ich hatte ihre militant geradlinige Art in mir aufgenommen, wie ein leeres Gefäß, das alles in sich aufnimmt, was man hineingibt.

Zu der Selbstsicherheit von Ruth passte wiederum überhaupt nicht das Schüchterne ihres Blickes, und auch ihre Augenfarbe hatte etwas Verwaschenes, Graugrünes. Ihr Gesicht zu beschreiben, fällt mir schwer, weil ich von Anfang an bei Ruth in mein Inneres ging, meine innerlichen Reaktionen auf sie so stark waren, dass mich das Außen gar nicht mehr interessierte. Obwohl sie natürlich gut aussah, alles passte zusammen bei ihr. Aber an die Einzelheiten kann ich mich nicht mehr erinnern, nur, dass sie eine feinporige Haut hatte und ordentlich in Form gezupfte Augenbrauen. Das war ihr so wichtig, dass selbst ich anfing, zur Kosmetikerin zu gehen, was ich bis heute beibehalten habe.

Ihre Durchsetzungskraft führte damals dazu, dass sie umsonst bei mir im Hotelzimmer des Vienna Sporthotels übernachten durfte. Ruth trug wie immer eine Thermoskanne in einem Rucksack mit sich. Sie schleppte einen auf eine lauwarme Temperatur heruntergekühlten Fencheltee mit sich herum, den sie aus in einem Mörser zerstoßenen Fenchelsamen braute; denn sie hatte ein latentes Magenproblem, einen steten, undefinierbaren Bauchschmerz. Während unserer Zeit ging sie sogar einmal zu einer Magenspiegelung. Sie wollte damals, dass ich ihr die Hand halte währenddessen, auch in der Narkose, ihr Mann musste zu Hause bleiben. Und ich hielt ihre Hand, wie wir uns an unserem ersten Abend an den Händen hielten unter dem Bild mit dem Geländewagen im Vienna Sporthotel. Der Arzt, der die Magenspiegelung durchführte, war ein Typ mit einem ausgemergelten Gesicht und nur noch wenig Haaren auf dem Kopf, die er sich, wahrscheinlich aus diesem Grund, noch rasierte. Er schien sofort zu durchschauen, welcher Art unsere Verbindung war, dass ich nicht die Freundin vom Kaffeeklatsch war. Er guckte uns sehr interessiert an, wie wir uns in die Augen sahen, weil Ruth nämlich wirklich Angst hatte. Andere hätten sich wahrscheinlich zurückgehalten, versucht zu verbergen, was der Arzt in seinen Fantasien vermutete, aber Ruth hatte ihre Freude daran, mich kurz vor der Narkose mit diesem Zeug, das Michael Jackson bekommen hat und das gar nicht schlecht sein muss, mich kurz vor der Gabe des Propofols zu sich herunterzuziehen und mir einen Kuss auf den Mund zu geben. Sie fasste nach meiner Hand, hielt sich daran fest, bis das Narkosemittel wirkte; dann war ich es, die ihre schlaffe Hand weiter festhielt. Ich denke, so selbstbewusst bin ich inzwischen, dass sie mich auswählte, weil es mit ihrem Mann nicht dieses *Fließen* gab, wenn sie ihn an den Händen berührte, und das es bei uns fast immer gab. Obwohl es dieses Fließen nach der tantrischen Lehre ja gerade zwischen Mann und Frau geben müsste, zwischen seinem Plus- und ihrem Minuspol, und Ruth und ich müssen ja zwei weibliche Pole gewesen sein, weil sich nämlich auch keiner von uns falsch in seinem Körper fühlte und irgendwie ein Mann sein wollte: Wir wollten beide Frauen sein und als zwei Frauen zusammen sein. Das funktionierte ganz wunderbar, wir mussten uns nur an den Händen berühren, und es war kein Stück langweilig, und so saßen wir etwa eine Stunde auf dem Bett im Vienna Sporthotel und hielten uns an den Händen. Dann fragte Ruth mich, ob wir uns zusammen hinlegen wollten, und schon dieser Satz, dieser klare Satz wieder, als sei es das Selbstverständlichste von der Welt, dass sich eine so schöne Frau zusammen mit mir hinlegen wollte, löste ein Strömen in meinem Körper aus, es war, als flössen Milch und Honig durch meine Adern, vielleicht fühlen sich auch manche Drogen so an, ich könnte es mir vorstellen. Dieser Zustand war jedenfalls anders als sexuelles Begehren, das auf etwas zusteuert und sich entladen will, wenn Mann und Frau übereinander herfallen. Jeder einzelne Augenblick war sozusagen schon die Erlösung. Mit Ruth gab es von Anfang an kein Ziel, mehr konnte ich mir gar nicht vorstellen, dieser Satz »Wollen wir uns zusammen hinlegen« allein reichte mir, alles andere wäre zu viel gewesen, mehr hätte ich gar nicht ausgehalten. Es gibt auch eine Überdosis von Glück, und deshalb legte ich mich mit Kleidern auf den Bauch auf das Bett, nicht gerade eine einladende Geste für eine erste Nacht, aber Ruth nahm es gelassen und legte sich, ebenfalls mit Kleidern, auf meinen Rücken. Ich spürte ihren Bauch an meinem Rücken, wie er beim Atmen auf und nieder ging, und ihren Mund in meinem Nacken und wie sich die Feuchtigkeit ihres Atems in meinem Nacken sammelte. Es war keine Situation, in der ich Ruth etwas vorenthielt, das werden jetzt womöglich einige denken, dass ich mich ihr verweigerte. Aber so hatte sie es nie empfunden, das sagte sie mir am Morgen beim Frühstück vor labbrigen Brötchen in dem fensterlosen Frühstücksraum, wo alle neugierig auf uns starrten, weil uns etwas umgab, das schon Herr Leopold gesehen hatte und nur besonders feinsinnige Menschen wie Herr Leopold mit seiner Schiele-Sammlung sehen können, was die Versicherungsvertreter und Handlungsreisenden um uns herum aber dennoch witterten. Sie waren auf einer Fährte und starrten uns an, und wenn sie gewusst hätten, dass wir nur aufeinandergelegen und uns nicht mal ausgezogen oder geküsst hatten, sondern uns am Morgen in zerknitterten Kleidern nebeneinander im Bett gefunden, die für uns beide zu schmale Decke über uns ausgebreitet hatten, dann wären sie wohl enttäuscht gewesen, und viele hätten an meiner Stelle wahrscheinlich auch Angst gehabt, die Frau, die einem aufs Zimmer gefolgt war, zu enttäuschen. Aber in diesem Zimmer in dieser Nacht hatte sich alles richtig angefühlt, von der Straße drang durch die Ritzen der Jalousie das sanfte Licht einer Laterne, das Fenster war geöffnet gewesen, und die Jalousie bewegte sich ein bisschen im Wind. Ruth und ich lagen nebeneinander und betrachteten die sich bewegenden Schatten an der Wand über dem Bett. Ich hatte in keinem Augenblick das Gefühl, dass Ruth kurz davor war, im Zimmer auf und ab zu tigern, weil sie es nicht aushielt, *nicht* mit mir zu schlafen. Diese Sorge, nicht zu genügen, hatte ich gar nicht, und Ruth sagte mir beim Frühstück auch, dass ich bitte niemals denken dürfe, irgendetwas machen zu müssen, wonach mir nicht sei. Das sei ihr das Allerwichtigste, dass ich ganz bei mir bleibe, bei dem, was für mich stimme, so würde sie es auch halten. Ich könne bei ihr immer ganz sicher sein, woran ich bin, sie würde mir nichts vormachen, das sei das Einzige und Wichtigste, was sie mir versprechen könnte. Aus diesem Grund sage sie mir auch gleich, dass sie mich in ihrem Leben haben wolle, dass ich aber nicht ihr Leben sei. Sondern ihr Leben sei ihr Mann und ihre Kinder und ihre Wohnung in der Berggasse, ein Au-pair-Mädchen und ihre Arbeit als Werbefotografin. Als sie diese lange Ansage beendet hatte, fiel ihr das mit Nutella beschmierte Messer auf den Boden, blöderweise ein Teppichboden. Ich bückte mich, um das Messer aufzuheben, weil es näher bei mir gelandet war, und dachte, dass sie gestern im Museum noch Künstlerin gesagt hatte: »Fotokünstlerin«, und das war es, was sie eigentlich sein wollte, und manchmal später dachte ich, dass ihr Leben mit dem Mann genauso ein Kompromiss war wie ihr Job als Werbefotografin.

In dem Wissen um den Ehemann sang ich mit einem Gesicht, das so aussah, als hätte ich in der Nacht Sex gehabt. Ich kannte dieses Gesicht von mir, ein Gesicht, mit dem man besser nicht auf die Straße gehen sollte, weil es alles zu verraten schien. Ich fühlte mich völlig nackt und ausgesetzt mit diesem Gesicht. Es war nicht nur gut durchblutet, sondern es hatte etwas Feineres bekommen, etwas Feminines, und jetzt hatte ich es, ohne überhaupt Sex gehabt zu haben. Mein Körper musste dieselben Hormone ausgeschüttet haben, und in der Tiefe musste etwas passiert sein, obwohl äußerlich fast gar nichts passiert war. Der enge Rolli wiederum ließ mein vom langjähri-

gen Rudern gezeichnetes Kreuz und meine für eine Sänge-
rin etwas zu muskulösen Oberarme sichtbar werden, aber
die acht ausschließlich männlichen Jurymitglieder, die in
einem Halbkreis um mich herumsaßen, schienen Gefallen an mir zu finden, denn sie schauten mich recht wohl-
wollend an, bevor ich auch nur einen Ton gesungen hatte.
Ich sang eine sauschwere Stelle aus Brahms Requiem, die
ich deshalb perfekt konnte, weil der Professor mit einer
Freundin von mir hatte schlafen wollen und ihr die Stelle
verraten hatte, die beim nächsten Aufnahmetermin dran-
kommen würde. Ich konnte sie singen, ohne groß mein
Gehirn einzuschalten, und so konnte meine Seele direkt
durch den Spalt dringen, der letzte Nacht in mein Herz
gekommen war. Ich sang: »Nun Herr, wes soll ich mich
trösten?«, aber ich setzte zu früh ein. Vielleicht hätte ich
mein Hirn doch ein bisschen einschalten und zählen sollen, denn der Professor hatte gesagt: »Ich spiele drei Takte
voraus«, und ich setzte schon beim zweiten Takt ein, und
dann passte nichts zusammen, nicht die Töne vom Klavier mit meinen Tönen, und der Professor schaute mich
an nach dem Motto: »Das war's dann wohl.« Aber ich war
so guter Dinge an dem Tag, ich ließ mich gar nicht ver-
unsichern, sondern strahlte den Professor an und sagte:
»Dann noch mal.« Der Professor sagte wieder: »Drei Takte
voraus«, und diesmal klappte es, und ich muss sehr schön
gesungen haben, Musik gemacht haben. Die anderen
Bewerber mussten noch eine Stelle aus Stabat Mater von
Dvořák singen, die ich nicht so gut gekonnt hätte, aber
bei mir winkte der Professor gleich ab: »Mehr muss ich

nicht hören. Sie retten die Ehre der Deutschen.« Die Deutschen vor mir waren alle rausgeflogen an einer Stelle, wo man rausfliegen musste, hatte man die Takte nicht vorher zumindest einmal gründlich durchgezählt und mit Strichen versehen, die einem bei der Orientierung in diesem arrhythmischen Geflecht halfen. Nur die Koreaner hatten das ohne Probleme hingekriegt.

Als ich an der Hochschule angenommen worden war und in Wien eine Wohnung bezogen hatte, schrieb ich Ruth eine Karte. Am übernächsten Tag stand sie vor meiner Tür, um zwölf.
Über meinem Bett hing ein mehrere Quadratmeter großer Druck vom toten Marat, wie er in der Badewanne ermordet liegt, Blut tropft aus der Wunde in seiner Brust. Der Druck wellte sich bereits ein bisschen, weil der Luftbefeuchter, den ich mir von meinem Vater zum Geburtstag gewünscht hatte, ziemlich viel Dampf machte. Ruth schaute sich das alles an und sagte: »Du erinnerst mich so an mich, wie ich war in deinem Alter.« Ich verstand nicht, was sie meinte. Sie erklärte es mir. Wenn ich mir hier so große Kunst aufhänge, das zeige doch, dass ich auf der Suche sei. Dass ich etwas spüre, und der Marat auf dem Bild, der sei vielleicht gar nicht tot, sondern einfach nur erlöst, und dann nahm sie meine rechte Hand und schob sie auf ihre linke Brust unter ihren Pulli. Dazu muss ich sagen, dass dies lange ein Traum von mir war. Ich nehme die Hand von einer schönen Frau und lege sie auf meine Brust, so, als gewährte ich ihr etwas, was sie

sich insgeheim schon lange wünschte, was ihr innigster Wunsch war, und ich befriede sie in diesem Wunsch. Und nun hatte ich eine Frau, die diese Geste umgekehrt vollzog, so, als stünden mir meine geheimen Wünsche auf der Stirn geschrieben. So eine lesbische Frau muss man erst mal finden, das ist, Internet und Tinder hin oder her, immer noch ein schwieriges Unterfangen. Denn im normalen Leben bewegt man sich nun mal hauptsächlich unter Frauen, die sich kein Stück danach sehnen, dass eine Frau ihre Hand nimmt und sie auf ihre Brust legt. Wie groß das Gefühl meiner Erlösung war, als dieser Traum von solch einer lesbischen und femininen Frau endlich Wirklichkeit wurde, kann man sich vorstellen, denn darauf hatte ich viele Jahre gewartet, seit ich mich mit sieben in meine Grundschullehrerin verliebt hatte, die Frau Rietzel hieß und Brüste hatte, die für meinen heutigen Geschmack viel zu groß waren, die Schürzenkleider trug und einen Dutt hatte und eigentlich auch viel zu dick war für mich. Aber seit diesem Moment muss mir doch, im Nachhinein denke ich das, latent klar gewesen sein, worauf es bei mir hinauslief, in welche Richtung mein Streben gehen würde.

Mit meiner Hand auf Ruths Brust unter ihrem Pulli blieben wir wirklich lange stehen, wir standen so da und taten nicht mehr, obwohl sich doch einiges ereignete, innerlich, und ich meine sagen zu können, auch bei ihr. Denn das war doch das Besondere, dass wir beide spüren konnten, was der andere gerade spürte, das ist das erste und einzige

Mal, dass mir das passierte, dass ein anderer Mensch mit einer Selbstverständlichkeit in Worte fasst, was bei mir gerade vor sich ging. Es ist ja noch normal, wenn einer sagt, er spürt, wie der andere etwas genießt, aber Ruth spürte auch, wenn ich für einen Moment mit meiner Aufmerksamkeit abgelenkt war, wenn ich zum Beispiel daran dachte, dass ich mich wahrscheinlich ummelden musste, irgendwie anmelden müsste hier, dass ich jetzt eine Art neue Einwohnerin war, diese ganzen Sachen fielen mir dauernd ein, wenn ich eigentlich loslassen wollte. Genau dann nämlich sagte mir eine innere Stimme, dass ich auf keinen Fall loslassen dürfe, da ich ja noch unendlich viel wichtigere Dinge erledigen musste, dass sonst etwas Furchtbares passieren würde, kümmerte ich mich nicht endlich um meine Anmeldung beim Einwohnermeldeamt in Wien. Ich dachte über den Grundsatz der Freizügigkeit innerhalb der EU nach, schließlich war ich EU-Bürgerin, während Ruth weitermachte. Aber sie brach dann alle Vorhaben ab, obwohl ich die Augen geschlossen hielt und mich ihrem Voranschreiten entsprechend bewegte. Sie spürte es sofort: »Du bist jetzt gerade ganz woanders«, sagte sie, zog ihre Hände oder ihren Mund zurück, setzte sich hin, so dass wir uns gar nicht mehr berührten, und schaute mich fragend an. »Du bist eine Zauberin«, sagte ich zu ihr. Weil sie alle meine Gefühle spüren und in Worte fassen konnte. Ich fragte sie, seit wann sie das könne, und sie überlegte und sagte, sie wisse es nicht und dass es nicht bei jeder ginge. Das war, als ich mich über meine Nachbarin aufregte, die mir verboten hatte, einen kleinen Druck von Klee in blauem Holzrahmen im Flur neben meiner Wohnungstür aufzuhängen. Kleines Tannenbild hieß dieses unschuldige Bildchen, das gegen die Hausordnung verstieß, und ich musste das minikleine Löchlein mit Zahnpasta wieder zukleistern, damit man es nicht mehr sehen konnte. Aber die Nachbarin befand, man könne den Unterschied zwischen dem Zahnpastaweiß und der Wandfarbe durchaus erkennen, und deshalb musste ich schließlich Wandfarbe kaufen und so weiter. Solche Dinge ließen mich auch im Bett nicht los, sie verfolgten mich dahin, wo ich eigentlich allein mit Ruth sein wollte. Ruth bemerkte dann, ohne dass ich etwas gesagt hätte, denn ich wollte diese Dinge ja gerade außen vor halten, deshalb erwähnte ich sie nicht: »Also, du hast dich geärgert heute, ja? Da ist ganz viel Wut in dir, die muss erst mal raus.« Und dann sagte sie, ich solle schreien oder in ein Kissen boxen, aber das passte nicht zu mir. Ich konnte mich nicht dazu überwinden, ich schaffte es einfach nicht, es kam mir so künstlich und gewollt vor, jetzt Ruth anzuschreien und in das Kissen zu boxen, das sie mir schon hinhielt. Der Preis war, dass Ruth sagte, dann könnten wir heute eben nicht zusammen sein, sie wolle sich nicht meine Wut reinholen.

Irgendwann ging ich wie selbstverständlich davon aus, dass Ruth eh wusste, wie es in mir aussah, so dass ich der Ansicht war, gar nichts mehr dazu sagen zu müssen. Als sie mich einmal fragte, während sie ziemlich fest meinen Hinterkopf streichelte, wie das für mich sei, sagte ich nur verwundert: »Weißt du das nicht?«, weil ich eben dachte, sie müsse doch merken, dass es schön war für mich. Da wurde sie richtig wütend und sagte, wie blöd es sei, eine Frage mit einer Gegenfrage zu beantworten, dass ich sie gar nicht ernst nähme mit ihrer Frage. Angesichts des vorwurfsvollen Tons, in den sie plötzlich gewechselt war, sagte ich: »Du hättest Staatsanwältin werden sollen«, was sie noch wütender machte. »Machst du dich lustig über mich?«, fragte sie. Sie richtete sich auf, kniete sich auf die Matratze. Ich selbst blieb liegen, wollte ihre Hand nehmen, aber sie schüttelte nur den Kopf.

Als wir das erste Mal in meiner Wohnung zusammen waren, sagte Ruth nach einer Zeit, die ich damals nicht einschätzen konnte (heute weiß ich, dass sie immer genau zweieinhalb Stunden blieb): »Ich muss jetzt mein Kind vom französischen Gymnasium abholen.« Das französische Gymnasium war genau bei mir um die Ecke, in der Liechtensteiner Straße. Ich lebte ja am Palais Liechtenstein, wo ich immer den Mittagstisch aß. Das dachte man gar nicht, dass es in einem so vornehmen Palais, das zudem gerade frisch renoviert worden war, einen Mittagstisch für 6,50 Euro gab. Das musste man erst mal herausfinden, sich trauen, überhaupt da reinzugehen, und dann wusste man es aber: 6,50 mit kleinem Salat, und es waren richtig gute Gerichte, echte Wiener Küche, Tafelspitz oder Krautfleckerln, solche Sachen.

Ruth sagte nie den Namen ihres Kindes, das fiel mir auf. Es war, als müsse sie ihr Leben raushalten aus der Geschichte mit mir, als seien es völlig getrennte Dinge, die nicht in Berührung miteinander kommen dürften, obwohl mein Haus das französische Gymnasium ja schon fast berührte, so nah waren die beiden Gebäude, mein altes und schönes und das moderne und hässliche des Lyceums. Sie sagte immer, sie müsse jetzt ihr »Kind« vom französischen Gymnasium abholen, damit war unsere Zeit beendet, immer mit diesem Satz, nur beim ersten Mal fragte sie, ob sie wiederkommen dürfe.

Am nächsten Tag kam sie um dieselbe Uhrzeit. Ich hatte einen Früchtetee gemacht, mit Zimt, es war Winter. Den Tee trank ich am Abend kalt, mit den vielen Gewürzen war er wie ein Ersatz für Rotwein, und Alkohol wollte ich zu der Zeit mit Ruth überhaupt nicht trinken. Ich hatte das Gefühl, meinen Körper und alles in ihm Lebende so deutlich wahrzunehmen, und Alkohol hätte diese Deutlichkeit unterbrochen, meine geschärften Sinne geschwächt. Wir legten uns wieder mit Kleidern auf mein Bett, und Ruth bettete ihren Kopf auf meine linke Brust, das war alles. Ich hatte auf einmal das Gefühl, dass ein kleines Kind auf meiner Brust ruht, dass ich sie beschützen müsse. Auch ich konnte nämlich spüren, was in Ruth vor sich ging, sie fühlte sich ganz klein an dem Tag. Das bestätigte sich, als ich sie darauf ansprach. Ihre Mutter hatte sie an dem Tag am Telefon angebrüllt. Und alles war für Ruth wieder wie früher, als sie sich nicht hatte wehren können, das erzählte sie mir, und dann sagte sie: »Du hast es mal wieder geschafft.« Damit meinte sie, dass ich sie gekriegt hatte, sie an einer Stelle erwischt hatte, an der sie sich nicht hatte erwischen lassen wollen. Dass sie da in Ruhe gelassen werden wollte, aber dann doch froh war, dass sie an dieser Stelle nicht allein sein musste, und ich hielt sie im Arm wie ein kleines Kind. Das ging so eine Weile, bis sie sagte, dass ich jetzt wieder zu mir selbst zurückkehren solle, dass ich ja mit allen meinen Gefühlen bei ihr sei und dass sie das nicht wolle. Denn wenn ich immer nur beim andern sei, dann sei ich für den andern gar nicht da.

Ich zog mir mein T-Shirt über den Kopf, und sie fing an, ganz sanft und fast nur wie beiläufig meine Brüste zu streicheln. Ich schob meine Hand unter meinen eigenen blauen Pulli, den nun sie trug. Ich weiß nicht, wie sie das ihrem Mann verkaufte, dass sie meinen, also einen fremden Pulli trug, der nicht neu aussah, man sah, dass es ein gebrauchter Pulli war, also keiner, den sie hätte neu erwerben können, aber vielleicht hat sie ja gesagt, sie hätte ihn aus dem Secondhandladen. Ich zog ihr meinen Pulli über den Kopf. Sie legte sich so auf mich, dass unsere Brüste aufeinanderlagen. Ich atmete in ihre Haare. Obwohl wir nichts machten, war es, als sei sie in mich eingedrungen, auf unbemerkte, sanfte Weise. Sie hatte sich in mir ausgebreitet, in meinem ganzen Körper, wie der Rausch eines guten, schweren Rotweins, nur bei völlig klarem Kopf und viel schöner.

Als sie ging, blieb dieses Gefühl. Ich setzte mich auf mein Sofa und schaute auf die Frau mit dem Milchkrug von Vermeer, die ich an der Wand gegenüber von meinem Sofa aufgehängt hatte. Es tickte keine Uhr auf dem Bild, und in mir auch nicht mehr.

Sie kam jeden Tag um zwölf. Um 14.30 Uhr war die französische Schule aus. Beim nächsten Mal zogen wir uns ganz aus, und ich genoss einfach das Zusammen-Nacktsein. Ich betrachtete ihren zarten und gleichzeitig durchtrainierten Körper. Ich legte meinen Kopf in ihren Schoß, roch sie auf angenehme Weise und sah die winzigen Haarstoppeln, die auf ihren Unterschenkeln nachwuchsen. Sie musste gestern ihre Beine rasiert haben.

Einmal fuhr ich mit der Straßenbahn vom 9. Bezirk, in dem ich wohnte, in den 3. Bezirk, wo die Hochschule war. Ich stieg zwei Haltestellen vor der Hochschule aus, am Schloss Belvedere, weil ich es einmal anschauen wollte. Ich bekam kaum etwas mit vom Wien der berühmten Baudenkmäler und Konzerte, ich besuchte nur regelmäßig das Burgtheater, weil ich so glücklich war, die deutsche Sprache wieder zu hören, hatte ich doch die Jahre davor in England verbracht. Ich ging allein in jede Vorstellung in diesem Herbst und Winter, alles, was es gab, sah ich an, und dann lief ich durch die Kälte zur Straßenbahnhaltestelle und freute mich über die Sprache, die meine war. Aber Schönbrunn oder Belvedere hatte ich nie besichtigt, ich war so sehr im Innen, dass ich kaum sah, was mich umgab. An diesem Tag wollte ich es anders machen. Ich verstand plötzlich, dass ich abdriftete in eine Welt, die woanders lag als die Welt derer, die eine Arbeit und Kinder und eine Familie hatten und sich um ihre Wohnung und was weiß ich kümmerten. Ich lebte nur in meinen Noten und in meinen Stunden mit Ruth. Ruth hatte das alles, dieses ganze Äußere, Mann und Kind, und sie fuhr in den Urlaub und hatte eine Altersvorsorge, und ich hatte nur sie – und hatte sie gleichzeitig nicht. Ich stieg an der Haltestelle oberhalb des Schlosses Belvedere aus der altmodischen gelben Straßenbahn, Tram genannt in Wien. Ich stand oben auf einem Hügel, und unter mir lag der Park, durch den ein Weg führte runter zu dem Schloss, auf das man bereits schauen konnte. Es war ein Park mit weißem Schotter und zurechtgestutzten Buchs- bäumchen, wenn es wärmer war, blühten hier sicher die schönsten Blumen, nach Farben sortiert. Ich ging durch die Kälte und hatte das Gefühl, alles zum ersten Mal zu erleben. Zum ersten Mal Kälte an meinen Fingern zu spü- ren, zum ersten Mal eine Krähe zu sehen und zu hören, wie sie sich krächzend in die Luft erhob, zum ersten Mal den Kies unter meinen Schuhen knirschen zu hören, weil ich so lange gar nichts mehr vom Außen wahrgenommen hatte. Ich wusste nicht mehr, wo ich mich befand, ich wusste nur noch, wie mein eigenes inneres Befinden war. Ich dachte aber auch, dass ich erst seit dem Zusammen- sein mit Ruth wusste, was mir schmeckte. Diesen Gedan- ken hatte ich: dass ich bis dahin nicht gewusst hatte, was mein Lieblingsgericht war, dass ich einfach immer nur gegessen hatte, was meine Mutter mir gekocht und was es in der Mensa gegeben hatte. Dass ich seit Ruth aber wusste, dass Wiener Schnitzel mit Preiselbeeren mein Lieblingsessen war.

Außer Ruth hatte ich nur einen Freund in Wien. Ich hatte ihn kennengelernt, als ich die Frau mit dem Milchkrug hatte rahmen lassen. Ihm gehörte das Geschäft für Bildereinrahmungen. Er hatte zwei Fotos seiner braungebrannten nackten Söhne neben der Ladentheke hängen. Ich wunderte mich jedes Mal von neuem, dass er seine nackten Kinder so öffentlich zur Schau stellte. Er umarmte mich, wenn ich kam, und ich kam auch hauptsächlich für diese Umarmung, an unsere Gespräche kann ich mich kaum noch erinnern. Aber er besuchte mich in meiner Wohnung und half mir beim Putzen. Ich weiß nicht mehr, wie es dazu kam, es wurde ein Ritual. Er sagte, er mache es gerne, und es war in dieser Zeit in Wien, als ich lernte, mir von anderen Gutes tun zu lassen, ohne mich zu wehren. Wir putzten mit Schrubber und Wischlappen und viel Schaum, der nach Orange duftete. Manchmal gingen wir danach zusammen ein Schnitzel essen im Palais Liechtenstein, mit Preiselbeeren. Immer Schnitzel.

Ruths und mein erster Kuss war, als ich ihr die Tür öffnete und sie mit einem Zucken um den rechten Mundwinkel vor dem geöffneten Fahrstuhl im Treppenhaus stand. Ich traue mich nicht, zu sagen, dass es ein *sterbendes* Zucken war, aber es war so, dass es nicht mehr etwas war, zu dem sie sich *entscheiden* konnte. Davor hatte sie alles in der Hand: Sie hatte entschieden, dass wir zusammenkommen würden und wie weit das gehen würde, und ein Kuss war da noch nicht dabei gewesen, das war anscheinend ein Schritt zu weit, obwohl wir uns schon ausgezogen hatten viele Male, aber ein Kuss: Nein. Und jetzt konnte sie nichts mehr dagegen machen, und das konnte ich eben daran sehen, an diesem Zucken um ihren Mundwinkel, das kein nervöses Zucken war, sondern es löste sich vielmehr etwas auf dabei, es sah so aus, als ob sie sich *ergab*.

Es war ein altmodischer Fahrstuhl mit einer Holzbank darin und einem verschnörkelten Gitter vor der Tür, und auf der gewienerten Holztreppe lag ein in der Mitte abgetretener roter Läufer. Ich mochte dieses alte Haus sehr, weil ich das Gefühl hatte, in ihm Teil einer Geschichte zu sein, in einer Geschichte zu leben, und zu einer guten Geschichte gehört auch ein Ambiente, das was hermacht, und das tat dieses Haus direkt neben der Strudlhofstiege auf jeden Fall.

Wir küssten uns vor dem Fahrstuhl, bis seine Tür automatisch zuging und er nach unten fuhr. Es war ein Kuss, bei dem wir es wirklich genossen, den anderen zu berühren, darum ging es und nicht darum, wie ich bei Männern manchmal das Gefühl hatte, sich an mir aufzugeilen. Direkt hinter der Wohnungstür, noch im Flur, halb in meiner begehbaren Garderobe, zog ich ihr das auberginefarbene Kleid aus, was eine ziemliche Wurschtelei wurde. Das war das einzige Mal, dass unsere Annäherung für einen Kinofilm getaugt hätte: unsere geduldige und zumindest äußerlich coole Weise, uns auszuziehen und uns dann nackt voreinander stehend zu umarmen. Meistens umarmte Ruth mich von hinten, so dass ihre Brüste an meinen Schultern waren, weil sie ein bisschen größer war als ich, und dann drehten wir uns um, so dass unsere Brüste sich berührten, und vor allem unsere Haut. Wir schauten uns in Ruhe an. Das Sich-nackt-in-die-Augen-Schauen war schön, und unsere Wärme zu spüren. Wahrscheinlich hätte es allenfalls für einen dieser langweiligen skandinavischen Filme gereicht, die alles so in die Länge ziehen, und das Problem bei so einem Film wäre natürlich gewesen: Wie bringe ich das Innere, das bei dieser äußeren Gemächlichkeit unsichtbar, aber stark stattfand, rüber, wie kann ich das vermitteln? Im Kino gibt es dafür immerhin noch die Musik, da wären die Goldberg-Variationen möglich gewesen, die ja ein Schlafmittel sein sollten für Herrn Goldberg, der nicht einschlafen konnte, und die Musik ist dabei nicht langweilig, sondern sie ist an vielen Stellen sehr ruhig und dazu sehr tief. Aber an diesem speziellen Tag, da zog ich sie noch im Flur aus, das Licht in meiner begehbaren Garderobe, das mit einem Bewegungsmelder funktionierte, ging immer wieder an und aus, je nachdem, in welche Richtung wir uns drängten, und irgendwann hing Ruth das auberginefarbene Kleid um die Knöchel, so dass sie fast hinfiel, weil sie mich ja überall küssen wollte, wie wir es bislang nicht getan hatten. Mit dem Küssen hatten wir komischerweise bis zu diesem Tag gewartet, und sie küsste mich am Kopf, am Hals, am Nacken, auch in den Achseln, am Rücken, am Po und am Kreuzbein, und sie sagte, dass auch ich sie am Kreuzbein küssen solle, dass es da diese eine Stelle gäbe, wo es für sie am schönsten sei. Und dann sagte sie, dass ich das Atmen nicht vergessen solle.

Es waren zwei ganze Sommer und zwei ganze Winter, die wir hatten, aber im ersten halben Jahr lagen wir nur da und hielten uns. »Dein Herz ist nicht offen«, sagte Ruth. Und: »Ich will über keine Grenze gehen. Es kann sein, dass du unten was fühlst, aber wenn keine Verbindung zum Herzen da ist, dann will ich es nicht.« Ich war verzweifelt, weil es nicht etwas war, was ich machen konnte: mein Herz öffnen, machen Sie das mal auf Knopfdruck in Anwesenheit einer Frau, die genau spürt, ob es wirklich geöffnet ist, einer Frau, der man nichts vormachen kann, die eine Zauberin ist und solche Sachen wie eine Herzöffnung spüren kann. Ich dachte: Mein Herz ist doch aber geöffnet, denn wenn ich auf dem Sofa gegenüber dem Bild mit der Frau mit dem Milchkrug saß, da floss es von meinem Herz überallhin, sobald ich an Ruth dachte, und das tat ich die ganze Zeit. Aber wenn sie mir wirklich, also physisch nah war, dann verschloss sich etwas in mir, als lauere dort eine Gefahr. Das wollte ich nicht und kapierte ich nicht, aber so war es. Nicht, dass ich versteinerte, so weit ging es nicht, aber es ging nicht auf natürliche Weise voran, was dazu führte, dass ich mich immer weiter auf Ruth konzentrierte, von mir weg mich um sie kümmerte, sie streichelte und küsste und *sie* spürte. Ich spürte Ruths Gefühle und nicht meine, und ihre Erregung erregte mich, aber das war nicht meine Erregung. Natürlich merkte sie das auch wieder: »Jetzt bist du wieder mehr bei mir als bei dir.« Es machte mir auch einfach Spaß, Ruth Freude zu bereiten, ihr etwas Gutes zu tun und sie zu befrieden, ihr die Gewissheit zu geben, dass sie bekommen würde, was sie wollte und nach der ersten Zeit mit mir auch brauchte. Das sagte sie auch: »Es ist ein erhebendes Gefühl, diese Sicherheit. Jeden Tag, von 12 bis 14.30, und dann ist alles gut.« Um es so zu sagen: Es wäre mir auch recht gewesen, wenn sie von mir abhängig geworden wäre, physisch, wenn sie so was wie *meine Frau* geworden wäre.

Mit der Zeit kapierte ich, dass Ruth vor allem eines wollte, dass ich mich ihr zeige, mich nicht ständig um sie kümmerte. Das war ihre Sehnsucht: mich zu sehen. Und irgendwann war der Moment da, dass wir beide ganz da waren und gleichzeitig beim andern. Ruth saß vor mir, in meiner Mitte. Meine Beine hingen über ihren, die meinen Oberkörper umschlossen. Sie bettete ihren Kopf auf meinen Bauch, beugte sich vornüber, sie war ja so extrem dehnbar wegen dieser Rhythmusgymnastik in ihrer Kindheit, die eine Art Turnen gewesen war. Ihr Kopf auf meinem Bauch, im Sitzen, und das eine Viertelstunde lang, das muss man sich mal vorstellen, in dieser Position.

Ein andermal lag ich auf dem Rücken, sie kniete zu meinen Füßen. Sie hielt meine Füße in ihren Händen und wärmte meine Fußsohlen an ihren Brüsten. »Wie ist das?«, fragte sie mich, und ich sagte, dass ich noch nie mit mei-

nen Füßen die Brüste einer Frau berührt hätte und dass
es sich schön anfühle. Ich merkte, dass ich wieder kaum
atmete. »Was hältst du zurück?«, fragte Ruth, und ich
sagte, ich wisse es nicht, und ich wusste es auch wirklich
nicht. »Was würde passieren, wenn du den Schutz auf-
gibst? Was käme zum Vorschein?«, fragte sie wieder, und
ich sagte: »Wärme, etwas Schönes.« Aber Ruth wunderte
sich, sie dachte, dass ich etwas Erschreckendes zurückhalte, und heute denke ich, sie wusste mehr als ich.

Liegen. Atmen. Das erste halbe Jahr taten wir sonst nichts.
Höchstens küssen. Manchmal redeten wir über Banali-
täten. Ruth hatte sich ein iPhone gekauft, das erste ihres
Lebens. Sie war sehr sparsam, obwohl sie sich ein Au-pair-
Mädchen leisten konnte, ich wusste nie recht Bescheid, ob
sie wirklich so arm war, wie sie vorgab. Immerhin wohnte
sie in der Berggasse, in der auch Freud gewohnt hatte, das
machte doch etwas her, der 9. Bezirk war doch ein besse-
rer Bezirk. Die Wohnung gehörte ihrem Mann, und jetzt
hatte sie ihr erstes iPhone und wollte von mir wissen, wie
man darauf Audios aufzeichnet, denn ihre Tochter nahm
an einem Vorlesewettbewerb teil. Dann: wie sie die Audio-
aufnahmen von ihrem Handy in eine E-Mail zieht. Schon
schwieriger, aber auch da konnte ich helfen. Wir lagen
nackt auf dem Rücken nebeneinander, Ruth hielt das
Handy mit ausgestrecktem Arm in die Luft, und wir tes-
teten die Aufnahmefunktion, indem ich Ruth das Wunder der Obertöne zeigte. Meine Gesangslehrerin schärfte
mir ein, dass es in der Alten Musik verschiedene Stim-

mungen gebe, die man auf einem Klavier nicht wiedergeben könne. Dass nämlich einige Töne etwas tiefer und einige etwas höher sein müssten als auf dem Klavier, um reine Intervalle zu erzeugen. Um alte Musik zum Leben zu erwecken, taugt ein Instrument wie ein Klavier nicht. Sie war am Verzweifeln, weil ich diese sogenannten Obertöne nicht traf oder spürte. Sie versuchte mir das Wunder der Obertöne immer wieder zu erklären: jeder Ton sei aufgespalten in viele Naturtöne, die man dann hören könne, wenn zwei so sängen, dass sie exakt die Schwingungen zweier solcher Obertöne träfen. Dann entstünde ein neuer, ganz anderer Ton, der plötzlich leise im Raum schwirre. Es gibt den Ton dann wirklich im Raum. Man spürt die Schwingungen sogar im Körper, und das war für mich eine ähnliche Zauberei. Ruth und ich schafften es tatsächlich ein paar mal, einige Obertöne zu erzeugen, er war auf ihrem Handy zu hören, man konnte ihn abspielen, er war wirklich da. Ich war stolz, Ruth auch einmal was zeigen zu können, weil sonst sie es war, die mir alles zeigte und erklärte. Im Bett meine ich, klar, da gemeinsam im Bett zu liegen ja das Einzige war, was wir zusammen machten.

Oft legte ich mein Gesicht zwischen ihre Brüste, sofort musste ich an Herrn Freud in der Berggasse denken, aber dies vergällte mir nicht die Freude, an ihrem Busen zu liegen und zu atmen, ruhig zu werden, still und zufrieden. Manchmal lagen meine Lippen auf ihrer Hand, bis diese ganz feucht wurde von meiner Spucke. Aber das störte sie nicht, alles wurde feucht an uns, das konnte man sogar riechen, aber wir taten nichts, um dem nachzugeben, außer liegen. Es brauchte Zeit, darüber mussten wir nicht eigens sprechen. Meine Verschlossenheit war in Ordnung, und wir hatten die Zeit, jeden Tag zweieinhalb Stunden, zwei Jahre lang.

Wenn Ruth nicht da war, sang ich am Klavier meine Stücke. Zunächst achtstimmige Motetten von Pachelbel und Schütz, die wir in einem Ensemble von acht Studenten und Studentinnen aufführen würden, mein erstes Konzert, in dem ich allein eine Stimme sang. Ich hatte keine Schwierigkeit, die Töne zu treffen, aber ich zählte nicht richtig. Ich war in einer Welt, in der es keine Rolle spielte, ob etwas ein Dreiviertel- oder ein Viervierteltakt war, die Akribie, die das verlangte, war mir abhandengekommen. Alles zerfloss zu einem harmonischen Ganzen, die Töne gingen auf, darauf kam es an, nicht zu welchem Zeitpunkt die Töne erklangen.

Gelegentlich schrieb ich auch kurze Texte. Ich schwankte damals zwischen Wort und Musik, und in den Texten kommt die gleiche Taktlosigkeit, das gleiche Unstrukturierte, Haltlose zum Tragen wie in meinem Singen damals, wenn ich die Texte heute lese:

Jetzt also heute. Die Apothekerin. Ich werde den Maler sehen, heute, der meine Wohnung streichen wird, nächste Woche. Den Elektriker anrufen. Zum

Frisör gehen. Aufräumen. Meinen Zettel abhaken, so weit wie möglich, und einen Brief schreiben an die Zukunft. Einen Adventskranz habe ich auch. Blaue Kerzen, getrocknete Mandarinen, geschlitzt, fünffach. Und Mohn, lilabraungrauer runder Mohn, hohl, auf Grün, Buchsbaumgrün. Neue Bauchtassen und frisch gebügelte weiße Bettwäsche, in der Ruth sich räkelt, quer durchs Bett streckt sie sich, rollt sich auf den Bauch und dann wieder auf den Rücken und auf die Seite und ist selig. Sie nimmt meine Hand. Ohne die Augen aufgemacht zu haben, nimmt sie meine Hand, dreht sich auf den Rücken und weiß, dass ich gleich aufstehen und ihr einen Tee kochen werde. Ich halte ihre Hand lange, sie wartet darauf, dass ich aufstehe, um den Tee zu machen, obwohl sie will, dass ich dableibe, und das tue ich. Ich sitze den ganzen Mittag da, bei ihr am Bett, sie hat die Augen geschlossen, genüsslich, und hält meine Hand. Radio Stephansdom spielt ein Lied. Die Tonart D.

Ich liege auf einem Lammfell, nackt, und rieche an dem Fell und schlecke meine Haut. Ich stöhne ganz sanft nur, und sie schreibt, auf mir. Sie gräbt ihren Bleistift in meine Haut, und das sei nicht gut, sage ich, das Blei und mein Blut. »Doch!«, sagt sie fast boshaft. »Ich ziehe dir die Häute ab, hat Herr Brasch gesagt, eine nach der anderen.« Und dann leckt sie mein Blut, bis ihre Zunge ganz grau ist von dem Graphit, und das Blut ist jetzt auch an ihren Augen, und da will ich jetzt schlecken, aber: Nein. Bloß ein Nein. Das will sie nicht: nur ich bitteschön. »Nur du.«

Unsere Zähne klacken aufeinander.

Ruth sagt: »Deine Arme sind stark. Wieso, woran liegt das? Schau, greif mal hier und hier.« Aber ich greife nach ihrem Unterarm und sie an meinen Nacken. Ihre Faust gleitet über meine Wirbelsäule, ihre Handknochenfäuste reiben sich entlang bis zum Ort ganz unten über dem Po, wo es am schönsten ist.

»Nein, jetzt gehen mir die Worte aus, ich will keine Worte mehr.« »Doch«, sagt sie, »da, da ist mein Blick, und da sind deine Worte.«

»Du musst mich *körpeelisch* betrachten«, stellt sie fest. Und ihr weichestes Feuchtes stellt meine dunklen Härchen auf meinen Unterarmen auf, nass zusammenklebend stehen sie hoch, in Büscheln, in kleinen Büscheln jetzt. In meiner Handfläche hat sie angefangen, in mich hineinzuriechen, mit ihrem Mund. Das weichwarme Nasse pulsiert in meiner Hand. Du zitterst. Deine Hände zittern. Du kannst nicht mehr schreiben, unterschreiben, wo du sollst. Ich nehme deine Hand, und du lässt mich. Du rollst dich ein in mich. Ganz in Schwarz warst du gekleidet, »mein Gewand« hast du gesagt und dann deinen Po an meinen Bauch gerückt, damit ich dich weiter halten soll, und auch deinen Kopf soll ich halten, hast du gesagt, weil du weinen willst. Nur ein, zwei, drei Tränen, die ich auffange wie deinen Kopf und deine Haare, die ich alle in den Mund nehme und kaue, und deine Tränen und meine Spucke sind gut. Mit deinen Füßen kämpfst du dein Gewand weg, »zieh mich aus, bitte« hast du gesagt und kämpfst es weg, dein Gewand, das an dir klebt.

Dann, am nächsten Mittag, habe ich ihr Begehren gespürt. Sie wollte mich, rücksichtslos, für sich. Hat sich auf mich gelegt, sich meiner bemächtigt, ganz konkret, ganz sexuell. Ich habe keine Rolle gespielt dabei.

Oh Gott, ich war im Paradies und habe Eva gesehen. Ich stand nackt vor dem Spiegel, meine Beine auseinandergespreizt, meine gepflegte Mitte, die Kulturlandschaft, ragte in den Raum.

Es wurde handgreiflicher zwischen Ruth und mir, handfester, weltlicher. Eines Tages sagte Ruth zu mir: »Du wirkst aufrechter. Etwas in dir hat sich geradegerückt.« »Bin ich sonst gebeugt?«, fragte ich. »Nein, nicht gebeugt«, sagte sie und fing ganz langsam und vorsichtig an, sich meinem Schoß zu widmen, ließ dabei immer ihre andere Hand auf meinem Herzen liegen. Sie ertastete alles an mir, wie ich mich anfühle, und als sie in mich reinging, sagte sie, ich fühle mich so weich an, das kenne sie gar nicht. Irgendwann lag ihre Hand unter meiner Hand auf ihrem Herzen, und es *durchfloss* mich etwas, es gab einen roten Strom von meinem Herzen durch ihre Hand zu ihrem Herzen und runter zwischen meine Beine, wo sich der Strom hauptsächlich sammelte, aber auch runter durch die Beine, bis zu den Fußspitzen und dann wieder hoch. Es war eine Art Kreislauf, ein völlig abgefahrenes Erleben, und auf einmal poppten die ganzen Begriffe auf, die meine esoterische Kommilitonin Heidrun immer gebrauchte, wenn sie über Shiatsu oder solche Dinge redete: *Strömen, Herzenergie*, solche Begriffe gebrauchte sie, wie andere über Mohnbrötchen reden, aber jetzt kamen sie auch mir ganz handfest vor, wie Sachen, die es wirklich *gibt*.

Ich legte mich auf den Bauch. Meine Hände lagen unter meinen Brüsten, damit sie nicht wehtaten unter meinem Gewicht auf der etwas härteren Matratze. Sie zog den dünnen blauen Schal aus, den sie um den Hals trug, und legte ihn über meinen nackten Körper. Sie fing an, mit ihren Händen auf meinem Kreuzbein zu kreisen, was ein sehr tiefes, zugleich dunkles und helles Gefühl hervorrief. Sie spürte wieder genau, wie es mir da ging. Ich war immer wieder erstaunt, wenn sie sagte: »Jetzt bist du mehr bei mir als bei dir. Jetzt hältst du etwas zurück.« Oder: »Jetzt stört dich etwas, oder es wird dir langweilig.« Wenn ich mich wunderte, weil es stimmte, sagte sie: »Ja, das ist meine Begabung.«
Sie spürte mein Strömen im Schoßraum, wieder so ein Begriff, den Heidrun verwendet hätte. Ruth fing an, den Schal langsam von meinem Rücken zu ziehen, bis ich nackt dalag. Von der Seite streifte sie meine Brüste, schob dann ihre rechte Hand unter mein Schambein, ließ sie

eine Weile so ruhig liegen, bis wir uns daran gewöhnt hatten, was neu war. Dann fing sie an, mit ihren Fingern über meine empfindlichste Stelle zu streifen, immer dieselbe Bewegung, unendlich. Sie hatte eine sanfte, leise Art mich zu berühren, die mich aber mehr erregte als alles andere, was davor war und was danach kam. Sie versicherte, dass sie nicht aufhören würde mit diesem Streichen, bis ich es sagte. Dadurch konnte ich aufhören, irgendwo hinzuwollen, und jeden einzelnen Moment genießen. Zunächst bewegte ich mich kaum, als wäre ich bei einer ärztlichen Untersuchung oder so. Sie sagte, dass ich meiner Lust keinen Raum geben, sie sich nicht ausdehnen lassen würde, sondern sie kleiner mache und zurückhalte, das stimmte wieder. Sie sagte, ich solle Töne machen, sie wisse sonst gar nicht, was ich gut fände, ob ich wirklich wolle, was sie tue, und dass sie das wahnsinnig verunsichere, dass sie gar nicht mehr weitermachen könne. Ich sagte, die Töne kämen nicht von allein, und sie sagte, das hätte ich halt verlernt, sei mir irgendwie abtrainiert worden, ich würde alles Eigene zurückhalten. Jetzt müsse ich es eben wieder ganz neu lernen. So tun, als ob, erst mal, und dann käme wieder alles von selbst: *Fake it till you make it*, so sagte sie es, und als ich mich überwand und ihr zeigte, wie schön ich alles fand, ging es auf einmal ganz leicht, und endlich atmete ich auch wieder richtig.

Sie fragte mich, ob sie mich anal berühren dürfe. Ich wollte, ich war zumindest auf einer geistigen Ebene offen für vieles, wenn mein Körper oft auch anderer Meinung war, wie Ruth befand. Sie schien Dinge von meinem Körper abzulesen, die ich erst wahrnahm, nachdem Ruth sie in Worte gefasst hatte. Sie schob meine Schenkel auseinander, ich lag immer noch auf dem Bauch, und setzte sich in meine Mitte. Sie sagte, ich solle mein Bein anwinkeln, so weit es ging; ich winkelte das linke an. Sie ging ins Bad und hatte sich etwas von meiner Nivea Creme auf die Hände geschmiert. Sie fuhr mit zwei Fingern an meinem äußeren Schließmuskel entlang. Sie hakte sich mit ihrem Finger bei meinem Schließmuskel unter, was sich anfühlte, als wäre sie bereits in mich eingedrungen, war es aber gar nicht. Als sie mich fragte, wie es sich anfühle, sagte ich: »Sicher und nah.« Ich drehte mich um, sie behielt ihre Finger dabei an derselben Stelle, und dann küssten wir uns. Während des Kusses mit ihrem Finger an meinem Schließmuskel war es mir zum ersten Mal nicht mehr möglich, die gedankliche Kontrolle über das Geschehen aufrechtzuerhalten, was ich sonst, ohne es mir selbst einzugestehen, ständig versuchte. Ich ließ zum ersten Mal los. Auch das merkte sie. Sie sagte, sie probiere es jetzt noch mal vaginal, ging wieder ins Bad, um sich die Hände zu waschen. Ich öffnete wieder meine Beine, damit sie sich dazwischensetzen konnte. Ich nahm ihre Hand, die immer ganz weich war, ich überlegte mir, dass sie nach jedem Händewaschen eine Art Kur auftragen musste, so weich war ihre Haut. Auch ihre Berührungen waren weich und fließend, gleichmäßig und rhythmisch, sich wiederholend, bis ich in einer Mischung aus Versunkensein und einem Sichweiten kam.

Ruth sagte, ich solle sie nur lieben, wenn sie bei mir sei. Nur, wenn wir zusammen im Bett seien. Dass es sich darauf beschränken müsse. Denn dass ich sie gar nicht lieben dürfe, das musste sie selbst einsehen, das ging nicht, denn was wir machten, das war Liebe. Sie sagte nie, dass sie mich nicht liebe. Einmal küsste sie mich wie beiläufig auf den Rücken, fuhr zurück und ließ dann doch ihren Mund auf meinem Rücken liegen. In dem Moment hatte ich das Gefühl, dass sie mich liebte. Weil es etwas war, das sie nicht gewollt hatte. Es kam über sie. Sonst behielt sie immer eine Kontrolle über sich, obwohl sie es verleugnete. Sie sagte immer, *ich* solle die Kontrolle aufgeben, dabei war sie es, die einen ständigen Beobachter dabeihatte. So blöd und unsensibel war ich ja auch nicht, dass ich das nicht spürte. Vielleicht kam es bei ihr vom vielen Meditieren, jeden Morgen und jeden Abend meditiere sie, erzählte sie, auf einem runden festen Kissen, mit Blick auf eine weiße Wand. Und ich musste an Niklas Luhmann denken, den Systemtheoretiker, über den ich die erste Seminararbeit meines Lebens geschrieben habe, in meinem ersten Studium, das ich dann zugunsten der Musik aufgegeben hatte. Und hier, in der Stadt der Musik, in der ich endlich angekommen war, da tauchte Luhmann wieder auf: die Beobachtung der Selbstbeobachtung. Genau das war Ruth. So weit ging es bei ihr wahrscheinlich wirklich, so bewusst war sie sich über ihre Körperempfindungen und Gefühle und Wünsche und Werte. Sie war so *schrecklich* bewusst. Und ich wollte ihr ihr ständig mitschwingendes Bewusstsein nehmen, sie zum Tier machen. Genau.

Ich wollte sie als Urfrau, als nacktes Tier mit einem Fell-
rest zwischen den Beinen und am Kopf, das nur Laute
machen kann und keine Worte. Wenn ich sie in der Hand
hatte, so konnte man es sagen: Wenn ich sie mit meiner
Hand in der Hand hatte, mit meiner Zunge in der Hand
hatte, meinem Gesicht in ihrem Schoß – dann war sie
ein Stück abhängig von mir, in diesem Moment, allein
in dem Moment, in dem ich ihr gab, was sie wollte und
von dem sie eigentlich sicher wusste, dass sie es bekäme,
aber anscheinend nicht sicher genug, um nicht zur stillen
Bettlerin zu werden kurz vor dem Moment, von dem sie
immer sagte, auf ihn käme es nicht an. Manchmal wurde
ich in Bezug auf diese Sache nämlich unsicher und dachte,
ich müsse etwas Besonderes machen, irgendwelche Tech-
niken anwenden und sie zum Höhepunkt bringen. Ich
dachte, dass sie vielleicht doch auch diese Seite habe und
das erwarte, aber dann kam der Höhepunkt immer ganz
von alleine, ohne dass wir irgendetwas *in diese Richtung*
gemacht oder gewollt hatten. Er kam wie beiläufig, wollte
auch mal vorbeischauen, hatte einen Nachtisch mitgebracht, war vielleicht ganz nett oder sogar sehr gut, ein
selbst gemachtes Tiramisu oder eine Crème brûlée, aber
da alles davor so tief und schön war, hatten wir kaum
Hunger mehr auf einen Nachtisch, auch wenn er natürlich gut schmeckte.

Ich malte mir ein gemeinsames Leben aus, denn Ruth entsprach in allem dem, was ich mir von einer Frau wünschte.
Vielleicht war es dieser Wunsch, der auslöste, dass ich

nicht ganz bei mir war, sondern mehr bei dem Wunsch und bei ihr. Ich wollte ihr gefallen, und das spürte sie und das wollte sie nicht. Sie spürte diese Entscheidung, die ich nach dem ersten Nachmittag mit ihr getroffen hatte in der Nacht vor dem Einschlafen. Es war mein fester Wille und ein so starker Wunsch, dass er das Universum zum Bersten bringen musste: Ich wollte mit Ruth leben. Ich wollte das von ihr geschaffene Gebilde sprengen. Sie aber machte es von Anfang an ganz klar und setzte ihre Vorstellung gegen meine: Sie würde sich niemals von ihrem Mann trennen, mit mir hier, das sei etwas ganz anderes. Etwas, das sie in ihrem Leben haben wollte, das aber nicht ihr Leben sei. Diesen Satz hatte sie an unserem ersten Morgen gesagt, und dabei blieb sie. Daran durfte ich nicht rütteln, und dass ich immer wieder versuchte, daran zu rütteln, das nervte sie. Und ich lag da mit meinem Wunsch, und sie lag da mit ihrem Willen, und so kamen wir nicht zusammen. Und es wurde erst besser, nachdem ich Gott um einen Traum gebeten hatte, der mir sagen würde, was ich tun solle. Der Traum war ganz klar: Ruth und ich standen am Bahnhof, und Ruth würde nicht mit einsteigen in den Zug. Aber wenn ich mit ihr an dem Bahnsteig bliebe, würde ich meinen eigenen Zug verpassen, der an einem anderen Gleis abfuhr. Meinen Zug in ein reales Leben.

Nach diesem Traum wurde etwas anders, ich hatte irgendwo aufgegeben, und ich konnte so viel mehr im Augenblick sein, weil ich nicht mehr an die Zukunft dachte.

Ich verbrachte meine Tage damit, dieses auf den Augenblick beschränkte Glück auszukosten. Stundenlang saß ich auf dem olivgrünen Sofa mit Samtbezug, das ich aus dem Haus meines Vaters entwendet hatte, denn mein Vater war fern von jedem Wohnen und brauchte es ohnehin nicht. Ich saß da, spürte meinen glückseligen Körper und schaute abwechselnd auf den Druck der Frau mit dem Milchkrug von Vermeer und, durch die geöffnete Flügeltür in mein Schlafzimmer hinein, auf den Druck vom toten Marat in der Badewanne, wie sein Arm seitlich der Wanne runterhängt. Die Frau, die die Milch aus dem Krug in eine Schale gießt, und der ermordete Marat, dem das Blut aus der Brust tropft, passten auf den ersten Blick nicht zusammen. Aber beide Bilder strahlten für mich Frieden aus, eine Stille, die mein eigener Zustand war. Und ich wollte eigentlich gar nichts mehr, außer die Stunden mit Ruth. Ich übte die Motetten, weil ich hoffte, Ruth würde zu meinem Konzert kommen.

Meine Gesangslehrerin war außer Ruth und dem Besitzer des Rahmengeschäfts mein einziger regelmäßiger *sozialer Kontakt*, wie man so sagt. Die Gesangslehrerin war sehr dünn, wahrscheinlich, weil sie sich ihrem Mann zuliebe vegan ernährte. Ihr Mann hatte eine Herzdiagnose bekommen, seit der sie ihre Ernährung umgestellt hatten. Wenn ich in der Küche wartete, bis ich an der Reihe war mit der Gesangsstunde, brutzelte immer irgendein Tofu oder Gemüse auf dem Herd, in Sprudelwasser statt Öl. Von der Küche aus konnte man auf eine Dachterrasse schauen, deren Tür meistens offen stand. Auf der Dachterrasse war ein Gehege für zwei Schildkröten. Ich glaube, meine Gesangslehrerin hatte so eine Ahnung, dass ich lesbisch bin. Ich weiß nicht, wie sie es erriet, jedenfalls schien sie mir sagen zu wollen, dass das für sie völlig in Ordnung sei, weil sie mich darauf hinwies, dass ihre beiden Schildkröten schwul seien. Sie sagte: »Schau, wie sie übereinanderhängen. Beides Männchen, und der eine besteigt den anderen dauernd. Den halben Tag hängt er auf seinem Panzer rum.« In der Tat hing der eine Schildkröterich häufig auf dem Rücken des anderen rum und hangelte sich mit seinen Fingern, ja, Schildkröten haben wirklich eine Art von Fingern oder Krallen, die sie bewegen, hangelte sich immer wieder hoch, bis er auf dem glatten Panzer wieder abrutschte, um sich dann von neuem hochzuziehen. Dies zumindest war tatsächlich eine Gemeinsamkeit, die Ruth, ich und die Schildkröten hatten: Wir ließen alles ruhig angehen.

Und oft war es so, dass wir uns kaum berühren mussten, lediglich an den Fingerspitzen, sonst nichts, um in unserem ganzen Körper diese Kraft zu spüren, die für mich das Schönste ist, was ich in diesem Leben erleben durfte. Mein Körper hat wohl irgendeine Droge produziert, Oxytocin in großen Mengen oder so. Die chemischen Bezeichnungen interessieren mich nicht, wenn sich diese Droge auch bestimmt hätte nachweisen und bestimmen lassen, denn es war etwas Physisches, nichts, das bloß in meinem Kopf oder meiner Vorstellung existierte. Nichts reicht an diese körpereigene Droge heran. Alkohol zum Beispiel langweilt mich extrem, Alkohol schwächt meine Sinne, die diese körpereigene Droge produzieren können. Ich trinke gar nichts mehr, außer den Fencheltee, den Ruth sich immer gemacht hat, mit im Mörser zerstoßenen Fenchelsamen. Ich vermisse nichts, einfach, weil ich weiß, was das Leben so bereithält für den, der offen ist. Möglicherweise braucht man auch eine besondere Feinfühligkeit, die andere nicht haben, ich habe keine Ahnung, nur kenne ich auch die andere Seite der Medaille: dass ich nicht nur wahnsinnig viel spüre, sondern auch vieles nicht machen kann, was andere wie selbstverständlich tun. Zum Beispiel in laute Discos gehen oder in größeren Menschenmengen unterwegs sein, sogar ein Kaufhausbesuch hat bei mir die Folge, dass ich danach eigentlich erst mal eine Woche in Kur gehen müsste. Aber das nehme ich gerne in Kauf dafür, dass ich weiß, was der liebe Gott den Menschen geschenkt hat, dass man keinen Sinn suchen muss, wenn man seine Sinne richtig nutzt.

Eine weitere Gemeinsamkeit mit den Schildkröten war, dass ich einen Panzer hatte, wie Ruth feststellte. So was könne sie feststellen, sagte sie, meinen Panzer, der mich umgab und sie daran hindere, zu mir vorzudringen, dahin, wo sie hinwollte und ich sie nicht hinließ, obwohl ich es ja wollte, nur nicht konnte, weil wir eben nicht die Tiere sind, die wir sind, nicht die Lebewesen, als die wir gemacht wurden und die so wunderbar funktionieren, sondern weil wir Menschen sind, die ihre Funktionsweise selbst stören durch ihre komplizierte Psyche und ihr Gehirn und sich Schutzwälle errichten um sich herum, die es gar nicht gibt und die gleichzeitig wirklich da sind.

Und dann wieder fühlte ich mich von Ruth wegen Dingen getrennt, die eigentlich völlig egal waren. Meine Wohnung hatte zwei Zimmer, die durch eine große Flügeltür verbunden waren. Auf diese Flügeltür war Ruth immer neidisch. »Du hast eine Flügeltür«, sagte sie, als sie das erste Mal meine Wohnung betrat, und es machte mich mit der Zeit misstrauisch, diesen Neid zu spüren, weil ich meinte, dass in einer Liebe zwischen Frauen dieses sonstige Konkurrenzding zwischen Frauen ausgeschaltet ist, aber das war wohl bei uns nicht so, jedenfalls nicht völlig.

Die Wohnung war im Übrigen die ehemalige Wohnung von Erwin Schrödinger, dem Erfinder der Quantenmechanik. Unten am Haus hängt eine Plakette, die besagt, er habe in diesem Haus gewohnt, und ich fand heraus, sogar in der Wohnung, in der Ruth und ich jetzt die Theorie in die Praxis umsetzten. Das jedenfalls ging mir gelegentlich durch den Kopf, obwohl ich keine Ahnung von der Theorie Schrödingers als solcher hatte, nur, dass eigentlich alles am Herumschwirren und alles verbunden war, dass es nichts Festes gab, dass das Feste eine Illusion war, und das war genau, was ich seit Ruth empfand: dass die äußeren Berührungen zwar nett waren, dass das Interessante und Schöne aber das Schwingen von Teilchen war, aus denen ja auch wir irgendwie bestanden. Auch wir waren aus Staub, aus demselben Element wie die Sterne, und dann natürlich auch aus Wasser. Und Wasser hatte etwas Fließendes, und dieses Fließen und Strömen des Sternenstaubs und der Schwarzen Löcher zwischen unseren Körpern, der Nichtmaterie zwischen uns, das war das Eigentliche. Viele Jahre später hörte ich einen Vortrag einer Astrophysikerin über Schwarze Löcher, und ich bezog jedes Wort und jede Formel, die sie zitierte, auf das, was zwischen Ruth und mir passiert war, denn das Fazit des Vortrags war zumindest für mich, dass gerade das Nichtmaterielle, da, wo es keinen Raum und keine Zeit gibt, den wichtigsten Teil unseres Universums ausmacht.

Mein Professor an der Uni für Musik und darstellende Kunst wollte mich nicht häufig sehen. Er wollte am liebsten niemanden sehen, so zumindest schien es, wenn er von einer Frau begleitet unter einem großen weißen Seidenschal verborgen zum Auto huschte und an der Beifahrerseite einstieg. Nur ein einziges Mal haben wir über etwas anderes als Intonation geredet. Er saß mit der Korrepetitorin in dem Straßencafé vor der Universität. Der Professor sagte zu mir: »Setz dich da hin.« Ich setzte mich zu ihnen an den Tisch, meine Noten auf den Knien. Der Dirigent sagte, ich solle den Salat auf seinem Teller probieren. Er schmecke komisch, irgendetwas störe ihn daran. Ich probierte den Salat mit Streifen von Karotten und sagte: »Da ist Meerrettich dran. Das passt nicht.« Dann bot mir die Korrepetitorin einen Schluck von ihrem Glas Rotwein an. Zuerst lehnte ich ab. Doch dann dachte ich, wenn meine Eifersucht auf Ruths Ehemann weggeht, besser wird, kann ich besser singen. Dann kann ich besser die Noten sehen und die Takte zählen, wo ich mir sonst nur vorstelle, was Ruth gerade mit ihrem Mann macht. Der Dirigent bot mir auch einen Schluck aus seinem Glas an. Wir tranken zu dritt den Wein aus zwei Gläsern, und dann fing die Probe an, ich wusste alle Töne in mir, aber ich wusste gar nicht, wo ich anfangen sollte zu singen. »Ich finde das D nicht«, sagte ich, aber es war doch da in mir, es kam nur nicht raus. Bis ich kapierte, wo ich singen sollte, waren die anderen schon fertig. Auf einmal fühlte ich, dass ich meinen Schmerz raussingen könnte, und beim zweiten Mal sang ich so, dass der Dirigent ganz erstaunt auf mich schaute. Beim dritten Mal aber konnte ich mein Herzrasen nicht mehr unterscheiden von den Sechzehnteln in den Koloraturen. »Et admirabile sacramentum«, sang ich, der Sopran zwei war viel zu tief für mich, meine Stimme brach.

Im Konzert dann habe ich Ruth entdeckt. Sie saß hinter einer Säule und winkte mir vorsichtig zu. Das war neben der Magenspiegelung das einzige Mal, dass wir uns außerhalb meiner Wohnung getroffen haben. Nein, doch, einmal sind wir uns auf der Straße begegnet. Ich hatte einen dunkelblauen Kapuzenpulli an, die Kapuze über dem Kopf, weil es gerade anfing zu tröpfeln, und darüber eine schwarze Lederjacke. Ich schob mein Fahrrad den Bürgersteig entlang, unterwegs zu Erledigungen bei uns im Viertel, dem 9. Bezirk, und da kam mir Ruth mit ihrem

Mann entgegen. Sie sah gar nicht so sanft und lieb aus wie sonst, sondern angespannt, als beschäftige sie sich gerade mit einer wichtigen Geldangelegenheit oder so, das ging mir als Erstes durch den Kopf. Sie sah sehr männlich aus in dem Moment, und ihr Mann war einen ganzen Kopf kleiner als sie, das hatte ich nicht erwartet. Ich sah ganz offen erfreut zu ihr hin, dass sie mir hier so zufällig über den Weg lief, es musste doch was bedeuten, diese Botschaft wollte ich ihr rüberbringen, und so sah ich sie an: »Siehst du, wir beide, wir ziehen uns an.« Aber sie schaute ganz gestresst und sagte nur: »Guten Tag«, was wirklich das Unangemessenste war, selbst ein Hallo oder Hi wäre normaler gewesen, aber sie sagte nur »Guten Tag« und ging weiter. Seitdem zucke ich jedes Mal zusammen, wenn jemand »Guten Tag« zu mir sagt.

Über Weihnachten fuhr Ruth mit ihrer Familie weg zum Skilaufen. Ich feierte Heiligabend alleine mit meinem Vater auf seinem Sofa sitzend gegenüber dem Vermeer-Bild. Er war mit dem Zug von Heidelberg nach Wien gereist. Wir aßen Toastbrot mit Leberwurst und hatten einen Adventskranz mit getrockneten Blütenknospen drauf. Am ersten Tag, als wieder Post kam, war ein Brief von Ruth im Briefkasten. Das war das Ende von Ruth und mir.
Ich weiß noch, dass ich den Brief schon unten am Briefkasten aufriss und las und dass es sehr kalt war und Schnee lag. Ich ging mit dem Brief in der Hand ohne Jacke die nur ein paar Schritte von meiner Wohnung entfernte

Strudlhofstiege auf und ab, immer wieder auf und ab. Die Strudlhofstiege ist eine Treppe, die sich am Anfang in zwei spiegelbildlich gebogene Treppen teilt, eine links und eine rechts, und sich dann weiter nach oben schlängelt. Die Stufen der Strudlhofstiege sind flach, es ist eine feine Treppe. Aber das alles habe ich damals nicht wahrgenommen, ich muss mir jetzt die Bilder übers Internet wieder vor Augen rufen. Ich sah damals nicht, was um mich herum geschah, ich war nur im Innen. Ruth hatte mich in dieses Innen gezogen, und da war es viel schöner und interessanter als im Außen. Das ist bis heute geblieben, dass ich nicht hinschaue. Ich schaue mir nicht an, was um mich herum ist, es interessiert mich kaum, denn das wirklich Spannende, das habe ich erlebt, ist im Innern. Fast wie ein Junkie, der sich nur noch für seine Rauschzustände interessiert und dem alles um ihn herum und alles Äußere wie sein Aussehen und sein Essen und seine Arbeit egal sind, zu so einem Junkie hat Ruth mich gemacht. Dass ich eigentlich nur noch dahin zurückwill, innerlich, wo ich mit Ruth war, in diese warme und ja: ekstatische Welt. Wobei mir ekstatisch wieder zu wild klingt, denn es war ja eine ruhige, dahingleitende, keine sich aufschraubende Ekstase.

Als ich in meine Wohnung zurückkehrte, es müssen nur so zwei Stunden gewesen sein, die ich weg war, und deshalb war der Vorgang besonders beängstigend, war das Türschloss aufgebrochen. Mein Siegelring mit dem Familienwappen war weg, meine goldene Kreuzkette und der in sich geschlungene Ring mit dem roten Stein, den Ruth mir geschenkt hatte. Am meisten Angst machte mir, dass die Einbrecher die Sachertorte, die mein Vater mir geschenkt hatte, aus dem Kühlschrank genommen und halb verzehrt auf dem Küchentisch hatten stehen lassen.

**Die meisten steigen vorher aus**

## 1.

Es war zu der Zeit, als meine Tochter zum ersten Mal einen Jungen küsste. Es war ihr erklärtes Vorhaben, dies war das Ziel des Kanu-Camps, Wildwasser-Rafting in den Gebirgsflüssen der Pyrenäen. Ich hatte keine Angst vor bösen Jungs, die sie in den Canyons begrapschen könnten, wie meine vornehme Nachbarin zu bedenken gab. Ich hatte nur Angst vor dem Wasser und den Steinen, dass sie mit ihrem zarten Körper darin untergehen könnte, oder ein Stein ihr an den Kopf schlagen, und dass dann alles zu spät und damit auch mein Leben beendet wäre. Wenn mit den Kindern irgendetwas passiert, könnte ich nie mehr glücklich sein, könnte ich nicht mehr nach dem streben, was ich mir als mein absolutes Glück im Leben wünsche: nicht zu sterben, ohne aus Liebe gevögelt zu haben, wie es Gabriel García Márquez schreibt in seinem Buch »Erinnerung an meine traurigen Huren«, und da erfährt er dieses Glück mit neunzig. Ich bin jetzt fünfundvierzig und habe dieses Glück noch nicht erlebt, obwohl ich meinen Mann Samuel liebe, aber wir vögeln zwar *aus* Liebe, und hier möchte ich Herrn Márquez verbessern, denn die Steigerung des Vögelns *aus* Liebe wäre das Vögeln *in* Liebe, denn *aus* Liebe vögeln mein Mann und ich durchaus, aber währenddessen ist dann die Liebe weg, und so sagt er es auch: Sex habe nichts mit Liebe zu tun. Das letzte Mal, als ich versuchte, das Thema anzuschneiden, sagte er: »Lass uns da nicht drüber quatschen. Der liebe Gott hat uns so gemacht. Wir Männer sind eben anders als die Frauen.« Ich folgte und überlegte mir einen Themenwechsel: »Und wie war's bei dir in der Praxis, und so?«, fragte ich. »Bei mir?«, sagte er. »Mein einer Patient will sich umbringen, er hat schon die ganzen Tabletten gesammelt, und meine Aktien sind im Keller.«

## 2.

Mein Mann und ich waren allein in dieser Hotelsauna. Ich kniete mich in meinem Bademantel vor Samuel nieder und streichelte seinen Bauch. Manchmal streifte ich seinen Lingam, wie ihn die Tantriker nennen, ganz sanft, ich berührte ihn mit meinem Gesicht und ließ die Liebe in seine Männlichkeit fließen, und indem ich es aus mir herausfließen ließ, fing in meinem Schoß auch alles an warm zu werden. Ich schmeckte den Rest Urin, obwohl er geduscht hatte, und es machte mir nichts aus, und ich liebte die noch faltige Haut um sein Geschlecht, das hilflos immer größer wurde, obwohl ich mich jetzt nicht mehr bewegte, nur so nah bei ihm verharrte. Samuel las währenddessen die FAZ, den Leitartikel von Berthold Kohler. Er sagte: »*Bernhard* Kohler, den solltest du auch mal lesen«, und ich sagte: »*Berthold* Kohler.« »Toll, wie du das alles weißt«, sagte er, »welche Frau weiß das schon.«

## 3.

Das Buch, das mich in den letzten Jahren am meisten gepackt hat, ist »Das Jahr der Liebe« von Paul Nizon. Darin geht es um einen Mann, der seine Ehe aufgibt für eine Liebe, aus der nichts wird, und der in eine andere Stadt zieht, in eine hässliche Wohnung, und auch mit dem Schreiben klappt es nicht. Das Buch hat ansonsten keine Handlung. Es sprach mir aus dem Herzen, schon bevor ich mich in Angela verliebte, und ich beschloss, mich von meinem Mann zu trennen, mit dem ich seit über fünfzehn Jahren zusammenlebe und zwei Kinder habe. Ich habe das Buch im Frühjahr gelesen, und jetzt, wo der Sommer vorbei ist und ich gestern schon den Ofen angemacht habe, befinde ich mich in einer ähnlichen Situation. Seit ich Angela kenne, weiß ich, dass es mit meinem Mann so nicht mehr weitergehen kann, dass es eine Lüge ist, eine halbe Lüge, wenn auch keine ganze. Wie gesagt, unserem körperlichen Zusammensein fehlt die Liebe, und dieses Ineinsgehen von Leib und Seele, das uns im Bett fehlt, ist aber genau das, wonach ich mich in meinem Leben am meisten sehne. Und so habe ich meinem Mann bei einem Spaziergang, zu dem er schon ganz gebeugt und verängstigt kam, gesagt, dass wir aufhören müssen, miteinander zu schlafen, da sonst etwas passiert, da mir sonst meine Seele abhandenkommt.

## 4.

Es war auch tatsächlich der Atem, der mir fehlte, wenn ich mit Samuel zusammen war. Ich schnappte regelrecht nach Luft, und Samuel sagte dann: »Sie *seufzt*«, womit er mit einem humoristischen Unterton zugab, dass es auch wirklich etwas zu seufzen gab. Aber zu so einem Selbstausdruck war ich gar nicht fähig, lange Zeit: zu seufzen, anzuzeigen, dass etwas nicht stimmte. Es fehlte mir ganz einfach die Atemluft, weil sich in meinem Körper etwas zurückzog, meine Seele zog sich zurück, und dafür machte mein Körper sich klein, kauerte sich zusammen, so dass kein Platz, keine Luft mehr da war für mich.

## 5.

Ich machte deshalb sogar einmal einen Atemkurs auf Sylt. Ich dachte, das Problem so in den Griff zu kriegen, mich regelmäßig krümmen zu müssen, um irgendwie Luft in meine Lunge lassen zu können. Leute sprachen mich schon darauf an, ob alles in Ordnung sei, und physiologisch war ja auch alles in Ordnung.

## 6.

In dem Atemkurs waren nur über siebzigjährige Omas, was mir grundsätzlich entgegenkam. Wir saßen in einem Halbkreis, und die Omas schienen eine gewisse Lust dabei zu empfinden, den anderen Omas über den Rücken zu streichen, denn sie gaben lustvolle Atemgeräusche dabei von sich, sie zelebrierten das Stöhnen beim kaum sichtbaren Kreisen ihrer Hüften. Die Übungen gehörten zu dem Atemkursprogramm, und ich verließ den Kurs und verbrachte die Woche in meinem Zimmer der recht einfachen Unterkunft auf der Nordseeinsel. Der Wind peitschte den Regen gegen das undichte Fenster, und manchmal hatte ich Angst, der Wind würde die Hütte fortwehen, in der ich auf dem Bett lag und Beziehungsratgeber las. Insbesondere das Buch »Liebe dich selbst, und es ist egal, wen du heiratest« von Eva-Maria Zurhorst fesselte mich so, dass ich sie anrief, um sie um Rat zu fragen. Ich dachte, sie würde sagen, ich solle unbedingt bei meinem Mann bleiben und nur die Beziehung zu meiner Mutter aufarbeiten. Frau Zurhorst sagte: »Wenn ich Ihre Mutter wäre, würde ich sagen: Sie sind keine Prostituierte. Hauen Sie auf den Tisch!«

## 7.

Das Gute an dem Atemkurs war, dass ich diese billige und dennoch praktische Unterkunft entdeckte, wo ich fortan jede Ferien mit meinen von Samuel gezeugten Kindern allein, das heißt ohne Samuel und mit den Kleinkindern, verbringen sollte. »Unterkunft« bringt es auf den Punkt, es handelte sich nicht um ein Hotel und nicht um eine Pension, sondern um eine Art Bretterverschlag in den Dünen mit einem zusammenklappbaren Feldbett und einer unbezogenen rauen Wolldecke, und zum Pippimachen musste man nachts durch den häufig fallenden oder vom Wind aufgepeitschten Regen gehen. Das war mir gerade recht. Ich wollte etwas, das mir meine Lage widerspiegelte, etwas, das sich echt anfühlte und mit meiner Situation übereinstimmte, etwas Raues und Gemeines, durch das man sich hindurchkämpfen musste. Denn ein Kampf war es mit zwei Kleinkindern allein. Samuel tat nichts, außer einmal in der Woche, am Mittwochnachmittag, mit den Kindern auf den Spielplatz zu gehen. Da durfte ich nicht mit. Als ich ein einziges Mal auftauchte, weil Hannah ihre Trinkflasche vergessen hatte, fuhr er mich an, dass ich gehen soll.

## 8.

Als Marie zwei Jahre alt war, buk sie mit ihrer älteren Schwester in der Küche Pizza nach eigenem Rezept. Der Boden, der Tisch, alles war voller Mehl und Teig, auch die Kinder, also steckte ich sie in die Wanne und fütterte sie dort mit Rohkost. Kohlrabi, rote Paprika. Das heißt, ich nahm mir einen Teller und fing an zu essen, denn das war die einzige Methode, dass sie auch Gemüse aßen: dass ich ihnen nichts anbot, es ihnen zunächst vorenthielt. Vielleicht funktioniere ich ja genauso. »Bindung durch Mangel«, als ich das Samuel einmal als Grund nannte, warum ich bei ihm blieb, fand er dies so gut, dass er es sich notierte.

## 9.

Nach dem Baden baute Hannah in meinem Schlafzimmer eine Höhle. Mein Kopfkissen lag auf dem Boden, darüber der Wäscheständer. Sämtliche Kleider waren in die Ecken der Höhle gestopft, Kleenextücher lagen zerfetzt als Höhlenfeuer herum. Hannah war enttäuscht, dass ich nicht so euphorisch war wie sie. Marie und ich mussten mit in die Höhle. Wir haben eine Stunde in der Höhle zugebracht. Dennoch war ich unzufrieden mit mir, dass ich mich nicht hundertprozentig auf das Spiel eingelassen hatte.

## 10.

Als Marie fünf war und Hannah zehn, fuhren wir mit dem Schiff nach Amrum, um meine Freundin Martina aus dem Studium zu treffen. Marie schlief über der Kotztüte ein, das Schiff schwankte, die Wellen spritzten. Drei Stunden auf Amrum mit Martina und ihrer Familie. Sie war Anwältin, er Architekt, ein Junge zwölf, ein Mädchen zehn, in Jack-Wolfskin-Jacken. Der Junge war altklug, er schien wirklich alles zu wissen, sogar den Schiffstyp, mit dem wir gekommen waren. Er tat mir ein bisschen leid. Martina sagte, er lese nur und habe keinen Freund. Hannah redete gleich mit dem anderen Mädchen, sie gingen zusammen ungefähr hundert Meter hinter uns, wie durch eine Wüste. Ein Sandsturm, der uns Richtung Osten trieb. »Schau mal«, sagte Martina zu Marie, »die Formen, die der Sand macht, wie lustig. Schau mal, der Stein da auf dieser Mauer.« »Kann ich den auch zertreten?«, fragte

Marie. Und da sahen sie, es war tatsächlich kein Stein, es war nur nasser Sand. Zusammengepresst.

Ralf, ihr Mann, ging voraus. Ich hatte Angst, dass wir unsere Fähre zurück verpassen, aber ihr Mann kannte sich aus mit Wegen und Geschwindigkeiten. Er sagte: »Was sollen wir im Hafen machen, wenn wir da eine halbe Stunde zu früh sind.«

Martina erzählte mir von ihrer Leere. Sie habe alles, was sie wolle, sagte sie. Zwei gesunde Kinder, eine gute Ehe, einen guten Job, ein eigenes Haus. »Aber wo ist der Sinn«, fragte sie. Sie fühle sich so leer. Irgendwas müsse doch noch kommen. Ein Ehrenamt? Sie suchte nach einem Ehrenamt, dachte, es fiele vom Himmel. Aber es kam keines. Ich sagte zu ihr, eine Leere fühle ich nicht, weil ich immer einen Schmerz fühle. Wenn Samuel bei allen seinen Freunden die WhatsApp-Nachrichten mit »Dein« Samu unterschrieb, nur bei mir machte er es nicht. Er war nicht »mein«. »Mit seinen Freunden und Kindern telefoniert er lange und gern. Bei mir legt er gleich wieder auf, ohne Tschüss zu sagen. Er fährt nicht mit uns in die Ferien. Er hat ein eigenes Schlafzimmer und steht morgens um fünf auf, um eine Stunde an seinen Aufsätzen schreiben zu können. Wir haben in fünfzehn Jahren nicht ein einziges Mal zusammen gefrühstückt. Bevor ich um halb sieben Uhr aufstehe, fährt er in die Klinik und operiert. Er ruft den ganzen Tag nicht an. Wenn ich ihn anrufe, ist er einsilbig und vermittelt mir, dass er seine Ruhe haben will. Abends trifft er sich mit seinen Freunden und trinkt. Montagabend schlafen wir zusammen, das ist seit fünfzehn Jahren so. Am Donnerstag machen wir einen Spaziergang. An keinem Wochenende ist er da. Er fliegt durch die Welt, ohne die Städte zu sehen. Paris, London, New York, er fliegt zu dem Flughafen und hat dort ein Meeting und fliegt dann gleich zum nächsten Flughafen.«

## 11.

Durch Samuel fühlte ich mich am Leben. Denn wer Schmerzen hat, der lebt noch.

## 12.

Aber nun, wo die Kinder groß sind, ich die Nächte nicht mehr wegen ihres Geschreis durchwache, sondern weil Hannah nicht rechtzeitig von einer Party nach Hause kommt, habe ich plötzlich die Idee, dass vielleicht auch Glück möglich wäre. Fülle anstatt Mangel.

## 13.

Jetzt, in der Mitte meines Lebens, in der Midlife-Crisis, habe ich immerhin einen Beruf, und zwar Mediatorin in Unternehmen. Ich übersetze die Forderungen von GmbH-Gesellschaftern in menschliche Bedürfnisse, soweit das geht. Ich stehe dann vor einer Flipchart, und die Geschäftsleute kauen Gummibärchen, die sich an den Händen fassen. Ich habe mich wirklich gefreut, als Rewe diese Gummibärchen ins Sortiment aufnahm. Manchmal fangen die Geschäftsleute an zu weinen. Es scheint sie zu berühren, wenn ich ihnen sage, dass sie ein menschliches Bedürfnis nach Wertschätzung haben, auch wenn sie mir nur gesagt haben, sie möchten eine höhere Vergütung.

Ich habe zwei wunderschöne Töchter bekommen, die sich vor Freude auf den Boden werfen, wenn sie am Abend noch mal eine Freundin treffen dürfen. Und das ist doch das Wichtigste von allem, dass sie sich über andere Menschen freuen können. Ich kümmere mich um meinen Körper, indem ich täglich in einem Schwimmbecken vierzigmal hin- und herschwimme. Schon während meiner Schulzeit bin ich jeden Morgen um halb sechs aufgestanden, um mit dem Fahrrad an einer vielbefahrenen Verkehrsstraße entlangzustrampeln, bis mir von den Abgasen schlecht wurde, nur, um zu einer düsteren Schwimmhalle zu gelangen. Mäntel reißen, weil mein Kreuz so stark geworden ist.

## 14.

Jetzt, wo ich in einer Wohnung mit Blick auf den Fluss, das Schloss, die Berge und den Himmel wohne, in die den ganzen Tag die Sonne scheint, könnte ich mich um mein *Glück* kümmern. Und wenn andere da an eine Reise auf die Fidschi-Inseln oder an Paragliding denken, vielleicht auch an Meditieren in der Wüste oder so was, da denke ich, dass es möglich ist, dieses Überfließen vor Liebe, während man zusammen schläft, mit geöffnetem Herzen.

## 15.

Nur ist die Frau, die mein Herz geöffnet hat und mir meinen Glauben an dieses Glück zurückgegeben oder wieder wachgerufen hat, achtzig Jahre alt und über zehntausend Kilometer entfernt. Und das alles wäre ja gar kein Hinderungsgrund, zumindest nicht für mich, das Problem ist nur: Sie meldet sich seit einem Monat nicht mehr. Nur am ersten Morgen, als ich mit den Kindern zurückgeflogen bin, hat sie sich gemeldet, noch bevor ich Kaffee getrunken hatte. Ich schaute gerade in diesem Moment auf mein lautlos gestelltes Handy, das zum Aufladen an einem Kabel auf der Küchenbank lag, als Angela anrief. Eigentlich war ich in der Stimmung, mit meinem Mann zu schimpfen, weil er uns nicht vom Flughafen abgeholt hatte, aber jetzt war Angela dran, und alles war gut.

## 16.

Mein Mann selbst lud uns zu der Reise ein, die ihm zum Verhängnis werden sollte. Er ist Kardiologe und hat in Deutschland als Chefarzt viele Privatpatienten. Die Forschung ist mehr sein Hobby. Aber dieses Hobby macht ihm so viel Spaß, dass er es in einem Forschungsfreisemester in Berkeley vertiefen wollte, denn in Amerika macht man in der Kardiologie entweder Praxis oder Forschung, und deshalb ist die Forschung dort besonders weit auf seinem Gebiet. Er wohnte in einem Zimmer des Gästehauses der Universität. Er wird es nur für stundenweisen Schlaf benutzt haben, denn er wollte seinen Forscherkollegen nicht nachstehen, die ohne erkennbare Pausen im Labor waren und kaum Schlaf zu brauchen schienen. Für uns, also mich und unsere zwei Kinder, buchte er eine Hütte in einem Vorort von Berkeley. Mein Mann war immer sparsam und wäre nie auf die Idee gekommen, mir und unseren Kindern ein Hotel in der Nähe seines Institutes zu buchen, wo er über seine Herzsachen forschte und wo er unglaublich viel verdiente. Er sparte alles Geld, das er als Chefarzt in einer hochangesehenen Universitätsstadt und jetzt während seiner nobelpreisverdächtigen Forschungen an dem Institut der University of California verdiente, um immer neue Immobilien oder Goldmünzen zu kaufen, die einzig werthaltigen Dinge, wie er sagte, das Einzige, das wirklich zählte, wenn ein Krieg kommt. Ich denke dann immer, dass es auch darauf ankommt, sein Leben angenehm zu leben, es sich schön zu machen und es sich gutgehen zu lassen, womit wir schon mitten in unseren Beziehungsproblemen wären, die sich bis aufs Bett erstreckten. Denn auch da ging es ihm nicht um ausgedehnten Genuss und liebevolles Streicheln, sondern einfach um die Sache. Deshalb hausten wir in diesem Dings, das er für uns gemietet hatte, und wir hatten auch kein Auto und konnten gar nicht weg außer zu Fuß. Aber zu Fuß geht in Kalifornien niemand, da fährt man Auto, es gibt nicht mal einen Bürgersteig. Die Kinder wollten an den Strand, und ich wollte auch nicht, dass sie den ganzen Tag vor dem iPad in der Hütte saßen. Und so machten wir uns zu Fuß auf den Weg, mit Hilfe von Google Maps. Was nicht ganz ungefährlich war, an dieser Straße

mit zwei Kindern entlangzuwandern, und deshalb stiegen
wir ein, als eine Alt-Hippie-Frau mit langen weißen Haaren, die von einem roten Stirnband zusammengehalten
wurden, mit ihrem verschrammten Auto hielt, um uns
mitzunehmen.

## 17.

Sie war schlank und hatte ein feines, gebildetes Gesicht,
aber das war es nicht, was mich traf, sondern mehr, was
aus ihren Augen sprach. In dem Moment, als sie mich
direkt anschaute, schoss mir das Bild durch den Kopf,
wie ich mit ihr in einem Garten sitze zwischen lauter
Steinkunstwerken und wir uns an den Händen halten,
ohne dass ich den Garten, den es wirklich gab, tatsächlich gesehen hatte. Dieses Bild war sofort da, und es war
völlig egal, dass sie achtzig war, sonst hätte ich es wahrscheinlich vorher schon erwähnt. Oder habe ich das? Sie
hatte eine geduckte, vorsichtige Haltung, vielleicht dem
Leben gegenüber, den Menschen gegenüber. Ich fand sie
sofort schön. Sie hatte einen Blick, der einem direkt in die
Seele schaute, unverfroren und mit dem Wissen, dass das
Leben kostbar war und gleich vorbei sein könnte und dass
man sich deshalb vorher mal *begegnen* sollte.

## 18.

Mit Angela hatte ich sofort das Gefühl, jeden Augenblick genau wahrzunehmen. Es war, als wäre ich gerade aus einer Art Dornröschenschlaf erwacht, aus dem *sleep of the sleeping beauty.* Als wäre die Welt erst durch Angela für mich erfahrbar, und so ist es ja wahrscheinlich auch, dass wir erst durch die Liebe das Gefühl haben, wirklich zu leben. »Du hast mich aus meinem Dornröschenschlaf geweckt«, genau das sagte auch Angela zu mir zehn Tage später auf dem Flughafen von Oakland, wo wir es buchstäblich nicht schafften, uns zu verabschieden, und immer wieder Arm in Arm an den Check-in-Schaltern vorbeigingen, hin und her und wieder zurück.

## 19.

Sonst denke ich an die Vergangenheit oder die Zukunft, oder ich denke über Probleme nach, aber neben Angela war ich sofort im Jetzt. Ich sah genau, wo wir vorbeifuhren, an einem großen Supermarkt, einer Tankstelle. Es fiel mir auf, dass ich sonst gar nicht sah, wo ich mich überhaupt befand, weil ich ständig in Gedanken daran war, wann mein Leben endlich anfangen würde. Aber neben Angela, da hatte ich plötzlich das Gefühl: Ich lebe ja. Und ich fand mein Leben auch gut, genau diesen Augenblick gut, auch wenn er nur darin bestand, in einem alten Auto einen Highway entlangzufahren.

## 20.

Ich roch Angelas altmodisches Parfum und sah ihre Finger, die schon ein bisschen knochig waren. Aber ich sah auch ihre Augen, die nicht achtzig sein konnten. Wir hielten auf der Durchgangsstraße eines kleinen Ortes, und sie zählte uns kurz die Besonderheiten auf, die es hier gab: ein Festival, wo teilweise ganz gute Theaterstücke aufgeführt würden, ein Hotel mit einem Pool, wo man anspruchsvolle Gäste unterbringen könnte. Dann hieß sie uns aussteigen, damit sie in eine wirklich enge Parklücke einparken konnte. Ich fahre selbst nicht Auto, aber mein Augenmaß sagte mir, dass es unmöglich wäre. Angela jedoch parkte ein wie ein Profi, der nichts als einparken macht, in eine so enge Lücke.

## 21.

Ich hätte nicht erwartet, dass eine fremde achtzigjährige Frau gleich mit uns essen gehen würde, aber Angela schien nur auf uns gewartet zu haben. Sie führte uns in ein Restaurant, das wie eine alte Farm hergerichtet war. Babykätzchen huschten vor unseren Füßen, die Kinder hinterher: »Wie süüüß!« Ein Bach plätscherte, und hinter einer Lampe sah man ein Spinnennetz. Die längliche grüne Spinne saß in der Mitte und bewegte sich nicht. Die Wände hingen voll mit Dingen aus alten Zeiten, verrosteten Werkzeugen und Wagenrädern aus Holz. Nachdem ich mein Steak gekaut und heruntergeschluckt hatte, erzählte ich Angela, was ich in den nächsten zwei Jahren so vorhatte. Ich wollte ein Buch schreiben. Das ist ja immerhin ein Vorteil am Schreiben, dass es einen für die Leute interessant macht, auch wenn es lediglich davon zeugt, wie beschissen es einem geht. Angela allerdings reagierte null auf diese Aussage. Sie ignorierte sie und wandte sich den Pommes zu, die ein junger, bekiffter Mann ihr und auch mir in großen Mengen auftat, obwohl ich ihm versucht hatte klarzumachen, dass ich nicht mehr könne: »I am full.« Jetzt waren die Pommes auf meinem Teller, und ich wollte keinen schlechten Eindruck hinterlassen und zwang sie in mich rein, da rief Marie aus: »Da ist ein Hase. Ein lebender Hase!« Wir schauten uns um, und tatsächlich saß auf dem Tisch hinter uns ein weißes Karnickel. Dieser Vorfall sollte die Gespräche mit meiner Tochter in den nächsten zwei Monaten maßgeblich bestimmen, wir hatten sozusagen kein anderes Thema: Sie wollte ein Karnickel. Ich entgegnete ihr immer wieder, dass Hasen viel Arbeit machten, die Hasen des Nachbarn hätten sogar zum Hasenpsychiater gemusst, und einmal mussten sie geschoren werden, weil ein Pilz ihre Haut befallen hatte. Mein Nachbar musste die Hasen am ganzen geschorenen Körper eincremen und eine Art Extrastall im Stall bauen, damit die kranken Hasen nicht mit den anderen in Berührung kamen. All das wollte ich nicht. Ich sagte meiner Tochter allerdings auch immer wieder, dass ich ihr Bedürfnis durchaus verstünde, dass sie etwas haben wolle, um das sie sich kümmern konnte, mit dem sie kuscheln und zärtlich sein konnte, denn das war ja schließlich auch mein Bedürfnis, wenn auch in erwachsener Form, je erwachsener, desto anziehender.

## 22.

Es stört mich überhaupt nicht, dass mein Mann weiße Haare hat. Sowohl Männer als auch Frauen gewinnen für mich mit zunehmendem Alter an Attraktivität, warum, darüber könnte man meine Analytikerin befragen, die sich hierüber nicht zu wundern scheint. Die einzige Frage, die sich meine Analytikerin einmal stellte, war: »Ich frage mich, ob, wenn Sie selbst älter werden, der Altersabstand zwischen Ihnen und Ihren Partnern dann gleich groß bleibt oder eher abnimmt.«

## 23.

In der Zeit, in der ich zu meiner Analytikerin ging, las ich sämtliche Bücher, die in dem Regal in der Praxis standen. Jede Woche las ich drei Bücher, und ich muss sagen, es hat mir geholfen. Am Schluss konnte ich selbst mit solchen Sätzen etwas anfangen: »Wenn die homosexuellen Wünsche des Mädchens von der Mutter abgewehrt werden und damit ein positives Durchleben der negativen ödipalen Phase verhindert wird, fehlt die für die Hinwendung zum Vater notwendige Sicherheit, sich der Mutter als Rivalin ebenbürtig fühlen zu können. Die Lösung der Tochter von der Mutter gelingt, wenn sich das Begehren des mütterlichen Organs in eine verbleibende Identifizierung mit der mütterlichen Potenz verwandelt.«
Fairerweise muss ich sagen, dass ich mit der Potenz meiner Mutter tatsächlich noch nicht meinen Frieden geschlossen habe. Ich mache meine Mutter runter, wo ich

nur kann. Die Bücherfronten, die meine Mutter bis unter die Decke bei sich stehen hat, habe ich einmal »seelenlos« genannt. »Diese ganzen seelenlosen Bücher«, habe ich gesagt, und meine Mutter hatte fast geweint. Das Denken ist meiner Mutter sehr wichtig. Meine Mutter sagte einmal, dass sie sich von den meisten dadurch unterscheide, dass sie richtig denken könne. Das habe sie gelernt. Das Denken sei überhaupt die Rettung für die Menschheit. Und ich mache die ganze Zeit ihr Denken runter, dass es nichts bringe, das Denken, allenfalls zum Herdausschalten und Kontoauszügedurchschauen.

## 24.

Was das Karnickel anging, verstand ich meine Tochter in ihrer Hartnäckigkeit und bewunderte sie auch dafür, habe ich diese Eigenschaft doch selbst. Ich wollte die Hoffnung nicht aufgeben, irgendwann in Angelas Armen zu liegen.

## 25.

Aber Angela meldet sich nicht. Sie ruft nicht an und schreibt nicht, dabei haben wir seit genau einem Monat nicht mehr telefoniert, den Zeitraum, den der rote Vollmond brauchte, um für uns am Saint Pete Beach zu erscheinen, an immer anderen Stellen, einmal über dem Meer, im nächsten Moment über dem Strand oder über der Stadt, je nachdem, von wo aus wir ihn betrachteten.

Angela erklärte uns damit die Sache mit der *Perspektive*, so was schien ihr Spaß zu machen, und die Kinder wollten es auch wissen, sie fanden es keine Spur langweilig mit der achtzigjährigen Angela, die in der Nacht mit dem roten Mond Selfies machen wollte, auf denen wir alle mit den Fingern auf den Mond zeigten, damit es auf den Fotos so aussähe, als berührten wir den Mond mit unseren Fingerspitzen. Der rote Vollmond war ein Grund, sich aneinander festzuhalten, sich zu umarmen, und ich dachte daran, was mein Schriftstellerfreund zu mir gesagt hat, dass man nämlich den Moment für einen Kuss verpassen kann, und ich küsste sie nicht, auch wenn ich darüber nachdachte, doch zumindest etwas in die Richtung zu sagen, und dann bedankte ich mich nur für den schönen Tag.

## 26.

Angela wollte immer noch nicht nach Hause, sie wollte noch am Meer entlanggehen. Sie zog ihre Samtballerinas aus und ging barfuß. Die roten Schuhe in der Hand, schlängelte sie sich zwischen Booten hindurch, die am Strand lagen. Wir gingen zu einem Lokal, wo es Musik gab, und dort tranken wir alle Ginger Beer. Der tätowierte Barkeeper erklärte uns den Unterschied zum Ginger Ale, bis die Kleine so müde war, dass sie anfing zu weinen.

## 27.

Als Angela den steilen Weg die Auffahrt auf ihr Grund-
stück hochfahren wollte, einen Schotterweg, von dem es
rechts einen Abhang runtergeht, fragte sie, ob wir vorher
aussteigen wollten. »Die meisten wollen vorher aussteigen,
hier«, sagte sie und hielt an. Die Kinder schliefen, ich
sagte: »Nein.« Und Angela sagte: »Ich habe schon lange
nicht mehr jemandem so vertraut.«

## 28.

Ich schreibe ihr, dass ich sie vermisse und ihre Muschel
auf meinem Nachttisch liegen habe. Aber sie schreibt
nicht zurück. Stattdessen schlafe ich wieder mit meinem
Mann, von dem ich mich trennen wollte. Ich beobachte
mich dabei, wie ich ein Höschen aus schwarzer Spitze
anziehe und mit dem Fahrrad in Windeseile zu ihm fahre.
Er wohnt inzwischen in seiner Arztpraxis, in einer Art
Kammer. Er sagt, er tue Buße. Er schläft auf einer schwarzen Liege aus Kunstleder. Die Liege ist geschwungen, er
kann nicht mal gerade darauf liegen. Er kocht auf einem
Campinggaskocher. Er isst aus dem Topf. »Der Kaffee
wird echt gut auf dem Campinggaskocher«, sagt er. Ich
fahre fast die Fußgänger um, so dringend will ich plötzlich mit ihm schlafen, und dann hieve ich mein E-Bike
die paar Stufen in das Treppenhaus seiner Praxis hoch,
sprinte die Treppen hinauf, und da fällt er auch schon
über mich her, nachdem er gesagt hat: »Das Leid steht
dir.«

## 29.

Wir sammeln Fallobst. Wir fahren mit den Fahrrädern in den Wald, es geht bergauf, Marie schimpft. Außerdem hat sie Durst. Sie schimpft mit mir, ich sage, sie soll mit ihrem Papa schimpfen. Der will zu dem Fallobst. »Warum habt ihr es mir nicht vorher gesagt, ich dachte, wir fahren zum Papa.« Es kommt eine Frau mit einer Wasserflasche in der Hand. Ich frage die Frau, ob sie Marie was zum Trinken geben kann. Samuel hat die Frau mit der Flasche auch gesehen, sich aber nicht getraut zu fragen. Die Frau sagt: »Ja, die Flasche ist ganz frisch, ich habe noch gar nichts daraus getrunken.« Dann heben wir die Äpfel vom Boden auf. Es sind viele kleine rote Äpfel, viele mit Löchern und angefault, aber auch viele schöne glänzende, an manchen ist noch ein bisschen Erde dran. Wir sammeln zwei große Tüten voll. »Das hat meine Mama auch immer gemacht«, sagt Samuel. »Und dann hat sie Apfelkuchen draus gebacken. Mit ganz wenig Zucker, dafür mit Zimt und frischer Schlagsahne. Kannst du das auch machen?«, fragt er mich. »Klar tue ich das für dich.« Er sagt: »Für uns.« Als die Tüten voll sind, ist es schon fast dunkel. Wir fahren mit den Fahrrädern durch den Wald, wir müssen aufpassen mit den Steinen. Es geht steil bergab. Dann über das Stauwehr, unter uns tost der Neckar. Es ist ein richtiges Abenteuer, und jetzt ist Marie auch zufrieden. Wir müssen noch ihre Mathehausaufgaben erledigen bei Samuel in der Praxis, und sie fragt mich: »Warum muss ich diese Regel befolgen? Warum muss ich mich an die Regeln halten, es geht doch auch anders.« Dann legen wir uns auf die Liege in seiner fensterlosen Schlafkammer, in der die Patientenakten stehen aus der Zeit, als sie noch in Papierform geführt wurden. Samuel fängt wie oft vom Krieg an. Ich solle mir unbedingt Goldmünzen kaufen, wenn ich irgendwie Geld übrig hätte. Um die Überfahrt zahlen zu können, nach Amerika, wenn der Krieg käme. »Ausgerechnet Amerika«, denke ich.

## 30.

Als wir später zusammen auf dem Balkon sitzen und ich ihm in die Augen schaue, sagt er: »Du machst mich ganz verlegen.« Dann stellt er seinen Stuhl so um, dass er von mir wegschaut. Er wendet mir den Rücken zu. Er hat mir zum Abschied ein Gedicht von Kleist auf eine Karte mit einem Marienbildnis geschrieben, in seiner Schrift, die kein Apotheker lesen kann. Jeden Tag rufen sie aus den Apotheken in der Praxis an, um zu fragen, was er bloß meint. Ich konnte aus dem Gedicht von Kleist entziffern, dass er viel Liebe gefunden habe, mehr als recht ist, und jetzt müsse er aber wieder gehen, dies sei »sein seltsam Schicksal«. Es ist Samuels seltsames Schicksal, dass er wegrennt, obwohl er eigentlich bleiben will.

## 31.

Angela hat mich von Anfang an richtig angesehen. Ihr in die Augen zu schauen ist näher als Sex mit meinem Mann. Als wir uns an unserem ersten gemeinsamen Abend verabschiedeten, schlang Angela die Arme um mich, auf eine weiche, zärtliche Weise, wie sie ungewöhnlich ist, anders als die mechanischen Umarmungen, die man sonst bekommt. Es war nach Mitternacht, und Angela sagte: »Morgen um halb zehn, da fahren wir an den Strand.«

## 32.

Wir trugen drei Sonnenschirme, die Kinder spannten einen schon auf beim Gehen zum Strand. Angela hatte ihre roten Samtballerinas ausgezogen, sie ging wie eine Tänzerin. Wir überlegten, wer wo seinen Platz haben sollte, und Angela sagte: »Schau, da können wir doch zusammen liegen.« Sie zog sich einen strahlend blauen Badeanzug an, und es war ihr peinlich, dass sie einen kleinen Bauch hat, sie sagte, wir sollten ihr beim Umziehen nicht zusehen. Aber ich fand alles an ihr schön. Ich sagte ihr, dass ich sie schön finde. Angela sagte: »Du idealisierst mich. Warten wir ab, was du in zwei Jahren sagst.« Ich legte mein weißes Kleid über meine Beine, weil die Sonne so brannte und der Schatten des Schirmes nicht für die Beine reichte. Angela erzählte mir von ihrem Mann, der gestorben war. Ich erzählte ihr alles, mein Leben in Kurzfassung, und als ich ihr sagte, dass ich mit Frauen zusammen war, merkte sie auf. Ich hatte den Eindruck, sie war freudig überrascht.

Sie wollte mit mir schwimmen gehen. Die Kinder sollten auf die Sachen aufpassen, sie nörgelten, weil sie auch mitgehen wollten. Aber wir wollten allein sein. Angela hatte Schwimmschuhe aus Gummi, sie konnte über die Steine gehen, und ich musste mit meinen nackten Fußsohlen über die rauen Steine, aber der Schmerz war mir egal. Angela ließ sich gleich ins Wasser fallen, und ich sprang ihr hinterher. Die Wellen waren hoch, wie mitten im Ozean, und sie hoben uns hoch auf ihre Gipfel, mühelos. Ich blieb nahe bei Angela. Sie sagte: »Schwimm ruhig, du bist doch eine Schwimmerin.« Aber ich blieb bei ihr. Sie sagte: »Du willst doch nicht auf mich aufpassen.« Die Wellen brachen direkt auf den Strand, und das wurde das Problem beim Rausgehen. Eine Welle brach über mir, riss mich zu Boden. Ich kam mit dem Kopf unter die Welle, und die Welle drückte mit Gewalt mein Gesicht und meine Knie auf die Steine. Ich blutete an den Beinen und schaute nach Angela, die noch im Wasser stand, die Gefahr abwog und nicht wusste, was sie machen solle. Es gab keine Lösung. Sie schritt auf das Ufer zu, und dann fiel auch sie. Der Rettungsschwimmer und ich liefen rein zu ihr, hielten sie jeder an einer Hand. Ich hielt noch ihre Hand, als wir schon lange wieder am Strand waren. Sie sagte, ihr sei schwindelig. Ich war froh, ihre Hand halten zu dürfen, einen Grund zu haben. Als wir wieder auf den Handtüchern saßen, strich sie mit ihren Fingerkuppen über meinen Arm und sagte: »Du hast eine Gänsehaut.« Ich sagte, ich hätte nie gedacht, dass wir noch so schöne Tage haben würden hier, völlig aufgeschmissen ohne Auto und ohne meinen Mann, der uns zwar hergeholt hatte, aber in seinem Labor war Tag und Nacht. Ich freute mich auf den Moment, wenn ich Angela wieder meine Hand geben durfte, damit sie aufstehen konnte. Angela fragte auch danach, sie war unsicher, weil die Steine uneben waren. Ich hielt ihre Hand aber immer noch, als wir die Steine schon längst hinter uns gelassen hatten und wieder auf einem normalen Weg waren. Doch da wollte sie meine Hand nicht mehr, jetzt, wo es dafür keinen Grund mehr gab: Es war ihr ganz offensichtlich peinlich, meine Hand zu halten.

## 33.

Am Abreisetag schlich ich zu ihr ans Haus, klopfte mit der eisernen Klopfhand an die Holztür, und sie kam und öffnete. Wir standen schweigend in dem Eingangszimmer, in dem ein großer Holztisch stand, auf dem Bücher und Zettel gestapelt waren. Meine Traurigkeit stand mit im Raum. Ich spürte, dass Angela sie spürte. Angela fing an zu weinen. Sie sagte, sie wolle das nicht, sie wolle mir aber auch zeigen, wer sie ist und dass sie auch ganz schrecklich traurig sei. Meine Hand war ganz nah an ihrer, und ich überlegte noch hin und her, ob ich ihre Hand nehmen solle, so nah war es gerade zwischen uns, aber da zog sie ihre Hand weg. Es klingt ein bisschen komisch, aber ich bin nie glücklicher, als wenn Angela bei mir weint.

## 34.

Angela griff in eine Schale, in der mehrere größere Muscheln lagen. Sie gab mir eine braunweiße Muschelschnecke, Schneckenmuschel. »Ein Übergangsobjekt«, sagte sie. Die wolle wieder zurück zu ihr. Die komme wieder zurück. »Geht mit dir und kommt mit dir wieder zurück. Zu mir. Okay?« Ich freute mich.

## 35.

Es steht mir klar vor Augen: Irgendwann, gar nicht mehr so lang, dann wird nie wieder irgendetwas sein. Kein Aufwachen nach einem Schlaf, sondern nie mehr, nichts mehr. Das kann bei mir jeden Moment eintreten, so hat es mir mein Mann gesagt, nachdem ich ihn gefragt hatte: »Aber was ist denn die Gefahr? Ich will keine Betablocker nehmen, oder kann ich dann einen Herzinfarkt kriegen?« »Nein, keinen Herzinfarkt«, hatte Samuel entgegnet, und ich war schon ganz beruhigt, bis er mit der eigentlichen Gefahr rausrückte: »Keinen Herzinfarkt, aber ein plötzlicher Herztod, das ist die Gefahr. Du hast einen ganz seltenen Herzklappenfehler, man kann gar nicht mal von Fehler sprechen, eher von Anomalie. Da kann die Klappe zu flattern anfangen, sie schließt nicht richtig, weißt du, und da können ganz viele stoßweise Herzschläge hintereinanderkommen, bummbummbumm, und dann: aus. Das ist zwar ganz selten, der Statistik nach. Aber es kommt eben vor.«

## 36.

So wie ich alles in meinem Leben zum Guten wende, das Gute in allem sehe, so sehe ich es auch in meiner *mitral annular dysjunction*, wie diese Sache heißt. Es ist mein Memento mori. Ich soll jeden Tag leben, als wäre es mein letzter, so heißt es richtigerweise, und genau jetzt auf der Fahrt nach Köln, wo ich meine Tochter zu dem Bus zum Kanu-Camp bringen soll, da habe ich das Gefühl: Genau jetzt passiert mein Leben. Dank Angela. Ich habe seit langem überhaupt erst wieder das Gefühl zu leben. Zu sein. Wir fahren die schöne Zugstrecke am Rhein entlang, einmal steht ein großes Schild über dem Fluss und neben einem Felsen: *Loreley*.


## 37.

Meine Freundin Lea ruft an: »Du klingst so befreit. Ich wette, deine Atemprobleme sind mit einem Schlag weg.« Ich sage: »Aber was ist, wenn dein Gegenüber, mit dem du dein Leben leben willst, das ganz anders sieht, diese Sichtweise gar nicht hat? Obwohl auch ihr Leben angesichts des fortgeschrittenen Alters bedroht ist, da kommt es doch auf ein paar Äußerlichkeiten wie fünfunddreißig Jahre Altersunterschied nicht mehr an, oder? Wenn die Art, wie sich das Lebendige in dir seinen Ausdruck verschaffen will, wenn das versperrt ist, weil es eben nur zusammen mit diesem Menschen geht, weil du niemand bist, der es alleine will, das Leben, nicht Gleitschirmfliegen und nicht Australien, sondern eine achtzigjährige Frau?«

## 38.

Zum Abendessen esse ich mit Marie, die nun zehn ist, die Himbeertorte, die sie mit ihrer Freundin am Nachmittag gebacken hat. Ich habe den Kindern gesagt, ich möchte wie so oft nach dem Backen die auf dem Küchenboden festgetrocknete Himbeercreme abspachteln müssen und stundenlang aufräumen, weil mich Hausarbeit beruhigt. Aber sie haben es nicht ernst genommen und die Küche tipptopp aufgeräumt, die Spülmaschine angestellt, den Müll rausgebracht und die Flächen alle abgewischt.

## 39.

Nach dem Himbeertortenabendessen schaue ich Kulturzeit auf 3sat, das ist die Sendung, die ich in der Psychiatrie immer geschaut habe. Ich saß dann allein vor dem großen Fernseher, und das war wie ein Fingerzeig in eine bessere Zukunft, dass ich irgendwann wieder fühlen und mich irgendwann wieder ausdrücken könnte und nicht nur noch eine zubetonierte Maschine wäre.

## 40.

Jetzt fühle ich mich wahnsinnig lebendig und kann selbst kreativ sein, bin aber dennoch unglücklich, weil Angela sich nicht meldet und weil ich meinen Mann verlasse, den ich liebe, trotz allem. Die Gewissheit, die das Ganze hat, fühlt sich an wie das wirkliche Leben. Sie ist von Wirklichkeit gesättigt, diese Tatsache. Sie ist eine Wirklichkeit

wie die Schwerkraft, der man sich nicht widersetzen kann.
Deshalb hält sie mich am Boden. Ich bin kleiner als diese
Kraft. Und jetzt will ich mich ihr entgegenstellen.
Samuel sagt, dass es nicht an mir läge. Dass er mehr nicht
könne. Bei keiner Frau. »Schlimmer noch«, sagt er. »Ich
kann nicht nur nicht anders. Ich will auch nicht anders.
Ich will in den wilden Westen und ein Cowboyheld sein
und mich duellieren. Alles, alles, bloß nicht an der Kette
hängen.«

## 41.

Ich nehme freiwillig wieder die doppelte Dosis meiner
Medikamente, damit ich nicht mehr so viel fühlen muss.
Ich gehe zu meinem Psychiater. Ich fahre mit dem Fahr-
rad an der großen Straße entlang, unter einer Brücke
durch. Unter der Brücke donnert ein Laster. Neben mir
der braune Fluss. Ich halte noch unter dieser furchtbaren
Brücke an, denn ich habe den Zwang, alle fünf Minuten
auf mein Handy zu schauen, ob Angela sich gemeldet
hat.
Die Praxis des Psychiaters liegt gegenüber einer Kirche.
Der Kirchturm überragt seine Praxis im obersten Stock.
Ich muss mein Fahrrad vor der Kirche anschließen, im
Innenhof der Praxis darf ich es nicht abstellen, da wird
es regelmäßig rausgetragen. Mein Zahlenschloss klemmt.
Die Nummern des Geburtstags meines Psychiaters lassen sich nicht drehen. Es ist schon zwölf, und der Termin
ist um zwölf. Ich kann das Zahlenschloss nicht bewegen,

und ein E-Bike kann man nicht einfach so stehen lassen, auch wenn es vor einer Kirche ist. Ich klingele bei dem Psychiater, an der Klingel ist eine halbe Kugel aus Rauchglas, das Licht in der Kugel geht an, und wahrscheinlich werde ich jetzt gefilmt. Der Psychiater sagt meinen Namen, und ich erkläre ihm das Problem mit dem Schloss. Dass es noch einen Moment dauern würde. Nach fünf Minuten kommt der Psychiater runter, er hat eine Art Öl mitgebracht, um die Zahlen in dem Schloss zu lockern. Der Psychiater ist genauso groß wie ich. Er hat einen Schnauzbart, ist dünn und trägt eine abgenutzte gebügelte Jeans, darüber ein unauffälliges kariertes Hemd mit kurzen Ärmeln. Er nimmt mich in den Arm, was Psychiater normalerweise nicht tun, vor allem nicht während Corona. Er kennt mich seit zwanzig Jahren, in allen möglichen Zuständen. Wenn er das, was ich sage, gelegentlich in den Computer tippt, sich Notizen macht, und ich ihm sage, da könnte man auch einen Roman draus machen, sagt er: »Stimmt. Das kannst du.« Wir fummeln abwechselnd an dem Zahlenschloss herum, aber es funktioniert nicht. Dann setzen wir uns in die Sonne auf die Bank vor der Kirche, eine Bank aus grünem Metall. Die Bank hat keine Lehne. Neben uns sitzt eine gut gelaunte Frau und isst ein Eis. Der Psychiater sagt: »Sie befinden sich in einem Emanzipationsprozess.«

## 42.

Am Abend, nachdem ich mit Samuel am Fluss hin- und hergegangen bin, wieder das Fahrradschloss. Ich knipse das batteriebetriebene Licht an meinem Fahrrad an, um besser sehen zu können, aber die Zahlen an dem Schloss lassen sich nicht bewegen. Ich probiere es eine Zeit, dann klingele ich bei meinem Mann, da wo er jetzt wohnt, in seiner Praxis. Nach einer Weile macht er zu meinem Erstaunen auf. Ich gehe langsam die Treppen hoch. Er öffnet die Tür. Er steht da und wundert sich, was ich nun will. Ich sage ihm: »Ich kriege mein Fahrradschloss nicht auf.« Er nimmt eine Flasche von dem teuren Olivenöl aus Italien und folgt mir hinunter ins Dunkle zum Fahrrad. Ich knipse abermals das Licht an, das inzwischen ausgegangen ist. Er probiert es ebenso erfolglos, das Schloss ist jetzt glitschig von dem Olivenöl, und ich soll hochgehen, um Klopapier zu holen. Ich bringe ihm Tempotaschentücher. Er schafft es immer noch nicht, und dann sage ich: »Lass mich mal«, und auf einmal bewegt es sich, und dann gehe ich auf ihn zu, umarme ihn und sage, lass uns bitte nicht so böse zueinander sein, und er sagt: »Der böse Samuel«, und berührt mit seiner Stirn meine.

## 43.

Der Bauarbeiter meines Vermieters geht durch meine und der Kinder Wohnung, als wäre es seine. Es riecht nach Farbe und Lösungsmittel, die Fenster sind staubig, die Vorhänge abgehängt. Er bringt große laute Geräte mit und lacht, als ich ihn frage, ob er bald fertig wäre. In seinem fröhlichen Singsang sagt er: »Wird noch zu laut.« Ich verbringe die Tage im Schlafzimmer. Ich lese das neue Buch meines Schriftstellerfreundes und schaue auf mein Handy. Abends steht neben meinem Bett ein Glas mit einem Apfelbutzen darin und morgens eine Tasse mit einer Bananenschale.

## 44.

Morgens wache ich um fünf auf. Ich schlafe in einem abgedunkelten Zimmer mit verschlossenen Fenstern, damit ich den Straßenlärm und den Zeitungsboten nicht höre, der nachts um drei mit seinem Mofa angeknattert kommt. Morgens dann kriege ich keine Luft mehr, ich öffne die Balkontür, und der Lärm der Autos, die zur Arbeit fahren, dringt zu mir herein. Ich lege mich wieder hin mit geschlossenen Augen, und langsam wird mir meine Situation bewusst. Die Krise mit meinem Mann, von dem ich mich nicht lösen kann, mit dem ich aber nicht mehr schlafen will. Und die Frau, mit der ich schlafen will, die sich aber nicht meldet. Auch nicht, als ich ihr schreibe, dass ich sie vermisse und ihre Muschel bei mir auf dem Nachttisch liegt.

## 45.

Ich mache es wie Churchill, arbeite vom Bett aus. Diktiere E-Mails, mache Überweisungen. Der rote winkende Drache bei Telegram ist es, der uns letztlich wieder zusammenbringt, auch wenn Angela nach eigener Auskunft gar keinen solchen roten winkenden Drachen gesendet hat. Wie es vonstattengegangen sein mag, versuche ich hinterher zu rekonstruieren: Immer, wenn jemand sich diese Nachrichtenapp herunterlädt, bekommt er eine Nachricht, der oder die aus seinen Kontakten sei jetzt auch bei Telegram. Dann steht da: Schicke ihm eine Nachricht oder klicke auf das Begrüßungssymbol, und da mag Angela aus Versehen draufgekommen sein, auf den roten winkenden Drachen. Daraufhin erscheint er bei mir als Nachricht, so, als wolle Angela mir zuwinken, was sie aber leider gar nicht vorgehabt hatte. Ich aber freue mich und fühle mich ermutigt, ihr zumindest ein, zwei Zeilen zu schreiben: *Wie geht es dir? Wir haben am Sonntag Konfirmation*, und dass das im Internet bestellte Kleid nie angekommen sei, meine große Tochter sich aber beim Nachbarsmädchen ein schönes hatte ausleihen können, so etwas in der Art schreibe ich, und daraufhin kommen mehrere Sätze von Angela zurück. Am schönsten ist es, dass sie schreibt, sie denke *gerne* an mich, und wann wir uns wiedersähen. *Freue mich auf ein Wiedersehen – wann?*, schreibt sie, um es genau wiederzugeben. Woraufhin ich sie anrufe, nach ihren Terminen frage und einen Flug buche, vom Handy aus bei der Lufthansa, im Bett sitzend.

## 46.

Vor der Sicherheitskontrolle, wo man sich wie nach Poli-
zeikommando »Hände hoch« von einem Gerät durch-
scannen lassen muss und wo man auf der Durchleuch-
tungsmaschine sogar die einzelnen Tampons sieht, die in
meinem Rucksack rumfliegen, kurz vor dieser Prozedur
holen alle ihre Wasserflaschen raus und schlucken den
Inhalt unmittelbar vor den grünen Plastikmülltonnen
stehend. Sie schütten das Wasser in sich hinein, nicht,
als gälte es, sich etwas Gutes zu tun, sondern als ginge
es darum, etwas zu erledigen, hinter sich zu bringen, als
wäre das ganze Leben ein Abhaken von Dingen, die auf
einer Liste stehen, die man gar nicht selbst erstellt hat.


## 47.

Am Gate, wo noch kaum einer wartet, genehmige ich mir
einen Espresso aus einem Automaten, um wieder lesen zu
können. Dass ich mir den Espresso »genehmige«, trifft es
deshalb, da ich nie weiß, inwieweit mein Herz den Koffein-
schock mitmacht, und da spüre ich, dass es brenzlig wird,
es sticht und drückt und hämmert und pocht, und ich
bekomme Angst, setze die Maske ab, um besser atmen
zu können, lehne mich zurück und versuche, zur Ruhe
zu kommen.

## 48.

Ich stelle mein Handy auf Batteriesparmodus, ich brauche
es, um meine große Tochter zu überwachen, um sicher-
zugehen, dass sie abends nach Hause kommt, weil sie
nicht wie ihre kleine Schwester bei einer Freundin wohnen will. Sie muss mich vom Festnetz aus anrufen. »Um
elf!«, sage ich. Sie könnte natürlich danach ganz einfach
wieder losziehen, das ist das Risiko, wenn man wie ich
sein Kind, das ja auch mit fünfzehn noch ein Kind ist,
allein zu Hause lässt, weil man denkt, es eilt dem Leben
damit, endlich anzufangen. Das Risiko zu sterben, ohne
richtig gelebt zu haben, ist das für mein Dafürhalten
größte überhaupt, und da ich mich fünfundvierzig Jahre
ausschließlich darauf *vorbereitet* habe zu leben, ist es jetzt
endlich an der Zeit – es läuten alle Glocken –, auch einmal damit zu beginnen. Die Vorbereitungsmaßnahmen
bestanden in einem Wachstum, einem Keimen und Wur-
zelbilden, den ganzen Müll, der an einen drangeklatscht
wurde, endlich loszuwerden. Dieser letzte Punkt war der
entscheidende bei den Vorbereitungen auf das Gefühl,
wirklich am Leben zu sein, das jetzt in der Begegnung
mit einer Frau einsetzt, die zweifelsohne eher an das Ende
ihres Lebens denkt als an dessen Anfang.

## 49.

Als das Flugzeug anrollt, Anschwung nimmt zum Ab-
heben, ein Gefühl der Entschlossenheit. Bei der Landung
der Gedanke, dass sich alles von selbst ergeben würde,

dass sich das Richtige ergeben wird, dass ich mir keine Gedanken machen müsse, was das hier mit mir und Angela werden soll, werden kann, denn es wird alles richtig sein, so wie es sein soll. Am Flughafen folge ich einem ausgeschilderten Weg, blindlings, ohne nachzudenken. Ich habe denselben Taxifahrer bestellt wie letztes Mal, und er lässt auch wieder dieselbe Playlist laufen. Ich mag es, in einem sicheren Auto zu seichter Musik durch die Fremde gefahren zu werden.

## 50.

Schließlich stehe ich mit meinem Koffer auf dem Vorplatz der Universität zwischen Eukalyptusbäumen. Es ist schon dunkel, nur das Hauptgebäude der Universität ist angeleuchtet. Während ich auf Angela warte, denke ich an meinen Vater, dass auch er diese Herzensverbindungen gesucht hat und ich das von ihm habe, wenn er auch sein ganzes Leben unglücklich war, weil die Menschen, mit denen er die Herzensverbindungen versucht hat, sich nicht für ihn interessierten. Wie ein Satellit ist er um diese Menschen gekreist, in dem sicheren Wissen, ihre Liebe niemals zu bekommen. Sein Leben lang. Ich frage mich, ob auch ich so kreise, ob auch ich so ein Satellit bin, der niemals landet auf dem Planeten, den er umkreist, allenfalls irgendwann darauf zerschellt.

## 51.

Die Kellnerin in dem Restaurant nahe dem Campus, denke ich, wird sich bestimmt wundern, warum ich heute mit Angela so viel strahlender aussehe als im Sommer mit meinem Mann, was passiert ist, dass ich nicht mehr so unzufrieden dreinschaue. Es ist mir fast unangenehm, dass es so offensichtlich ist, wie es mir mit Angela geht, ich mein Herz so auf dem Serviertablett vor mir hertrage, denn ich bin mir sicher, dass man mir mein Glück ansieht, auch wenn ich annehme, dass die wenigsten darauf kommen werden, dass ich tatsächlich verliebt bin in diese achtzigjährige Frau. Ich sage, ich möchte draußen sitzen. Wir haben doch warme Jacken an, ist mein Argument. Dabei will ich nur nicht, dass drinnen die ganzen Leute sehen, wie glücklich und verliebt ich bin. Ich will mich verstecken in der Dunkelheit. Ich will mein Gesicht nicht hinter einer Maske verstecken müssen, wenn es auf Angelas Gesicht antwortet.

## 52.

Als es ans Bestellen geht, passiert mir ein Benimmfehler. Ich bestelle einfach zuerst, das fällt mir selbst gleich auf, und ich sage Entschuldigung, und dass mich mein großer Hunger dazu trieb, als Erstes an mich zu denken. Und jetzt ist mein Gesicht ganz verschämt, auch das wird Angela sehen, und ich frage mich, ob sie die Ursache dafür versteht oder vielleicht woanders sucht.

## 53.

Angela und ich gehen über den Campus, auf dem mein unsichtbarer Mann gearbeitet hat, der inzwischen längst wieder in Deutschland ist. Angela tanzt kaum merklich beim Gehen. Es läuft eine schwingende Bewegung durch ihren kleinen Körper, und ihre Beine sind immer noch schön, glatt und fest, nur am linken Bein der Ansatz leichter Krampfadern, aber nicht störend, eher betörend für mich, weil es ihre Verletzlichkeit zeigt. Ich frage mich, ob sie ihre Beine rasiert oder wachst, sie hält auf sich, das ist klar, auch die Oberschenkel, die am nächsten Nachmittag auf den vom Meer blankpolierten Steinen neben meinen liegen: haarlos, wie meine eigenen, die ich vor meiner mich selbst überraschenden Abreise noch von einer Kosmetikerin habe enthaaren lassen, für Angela. Sie trägt einen Rock, der knapp über dem Knie endet, ein Muster wie aus schlanken Blättern in Zitronengelb und einem hellen Grün, darüber ein weißes T-Shirt und eine pastellgelbe dünne Strickjacke. Sie hat sich ein bisschen geschminkt, das sehe ich, als sie die großen Läden der Terrasse verschließt, was kompliziert ist, es ist eine ganze Prozedur, die damit endet, dass sie zwei Schnüre verknotet. Dabei fällt Licht von der Seite auf ihr Gesicht, und ich erkenne den Unterschied der Gesichtshaut zum Hals, erkenne die Schminke, auch den Lippenstift und den Lidschatten. Die Haare sind gewellt, jeden Morgen rollt Angela ihre Haare auf Lockenwickler, das habe ich schon mitgekriegt, und ich finde es gut, dass sie all dies macht, wo sie während Corona zwei Jahre allein in diesem Holzhaus in dem abgelegenen Vorort von Berkeley verbracht hat, viel vor dem Fernseher, wie sie zugibt, um das Gefühl zu haben, dass es noch eine Welt gibt.


## 54.

Angela tanzt die Stufen ihres Gartens herunter, ich entdecke die Vogelbadewanne, gefüllt mit Wasser, und auf der Mauer liegen schöne Steine. Es wachsen Kakteen und ein Zitronenbaum. Über allem: der Betonturm einer Müllverbrennungsanlage. Angela sagt: »Ohne den wäre es vielleicht zu schön hier.« Sie zupft zwei vertrocknete Blütenknospen ab von Blumen, die am Wegesrand stehen. Sie sagt: »Dann kommen sie neu, weißt du?« Ich sage mir innerlich, wie toll, um was sie sich alles kümmert. Dabei ist sie doch, wie meine kleine Tochter sagen würde, schon fast gestorben. Warum kümmert sie sich dann noch um die ganzen Sachen, anstatt sich zurückzulehnen, warum putzt sie und macht und hilft. Ich stelle ihr die Frage auf eine verträgliche Weise, und sie sagt: »Das hört nie auf. Warum sollte es aufhören?«


## 55.

Angela geht die steile Einfahrt hinab, um das Tor zu öffnen, das ein Drahtzaun ist, den sie an einer Schlaufe einhängt, und dann steigen wir in das Auto mit dem kalifornischen Kennzeichen. Kein teures Auto, aber ein praktisches, ein ganz unprätentiöses, dessen Marke ich nicht weiß und auch nicht wissen will. Es ist ein höheres Auto als andere, und das Nummernschild beginnt mit dem ersten Buchstaben von Angelas Sohn, der sei so alt wie ich, sagt sie. Wir fahren rückwärts den steilen Weg hinunter. Ich habe keine Angst.

### 56.

Wir gehen auf einen Trödelmarkt. Angela entdeckt Barbie-puppen, die in gehäkelten Kleidern nebeneinandersitzen, eine in einem Brautkleid, an dem viele falsche Perlen hängen. Angela fängt an, mit der Frau zu reden, die offensichtlich die Kleidchen selbst gehäkelt hat. Angela sagt: »Fifties«, und fragt, ob sie ein Foto machen dürfe. »Sure«, antwortet die Frau und freut sich.

### 57.

Der Boden der Airbnb-Wohnung, in der ich mich in Angelas Nachbarschaft eingemietet habe, ist voller Farbkleckse. Manche davon leuchten nachts. »Atelier mit Flair« hatte in der Anzeige gestanden. Die Einrichtung besteht aus einem Boxspringbett, zwei schwarzen Studioleuchten und einem Holzofen, rustikal und praktisch. Ein paar Plakate. Vier Schwarzweißfotos von Wolken über dem Ofen, und als ich den Ofen im Dunkeln anzünde und allein in dem Schein des Feuers in dem Bett liege, da wünsche ich mir, hier zu zweit zu liegen. Als Angela das Atelier betritt, weil ich ihr eine Pizza mit Kartoffeln und

Zucchini gebacken habe, da schaut sie auch auf das Bett und scheint ebenfalls eine Vorstellung dabei zu haben. Aber ich kann ja nicht wissen, was ihr durch den Kopf geht. Und ob sie das Gleiche spürt wie ich, wenn wir uns anfassen, was immer öfter vorkommt. Es ist etwas, das einem den Willen nimmt, es nicht zu tun. Doch dann sofort die Befürchtung, dem anderen könne das zu weit gehen, und danach wäre alles Schöne kaputt, was ja schon da ist. Und auch die Angst, etwas zu verpassen, die Gelegenheit zum Küssen zu verpassen, die kommt nicht unendlich wieder, solche Momente gibt es, und nachher nicht mehr. Dann wäre es wie mit meiner Freundin Maja, neben der ich eine Nacht in einem Bett verbracht habe, ohne mich zu trauen, und die mir Jahre später sagte, ihr sei es genauso gegangen, aber die Nacht war vorüber und ließ sich nicht nachholen.

## 58.

Der Atelierraum ist hoch, die Decke aus Holz, ein Teil ist aus Glasziegeln, so dass es immer hell ist am Tag. Am Morgen wirst du von der Sonne geweckt, die dir durch die Ziegel aus Glas ins Gesicht scheint, und auch da der Gedanke: einmal im Leben nicht allein aufzuwachen, sondern in die Augen zu blicken, die nicht groß sind und dabei doch groß gucken können, riesig scheinen diese Augen, die einen so ohne Scham lange ansehen können, dass ich gar nicht weiß, wie ich es deuten soll, diese langen Blicke, geradeheraus aus dem Herz des einen in das Herz des anderen. Oder ob Angela immer so schaut, vielleicht auch ihre Putzfrau so anschaut, wenn sie zu ihr sagt, wie ich es nur aus dem Nebenzimmer mitgehört habe: »Es tut mir leid, dass hier so viele Sachen rumstehen. Ich weiß, es ist nicht so ordentlich wie bei dir, bei mir stehen Körper aus Ton herum, die meiner Freunde, die ich gerne um mich hätte, die aber weit weg sind. Da baue ich sie mir nach und stelle sie mir auf, und im Lauf der Zeit, die ich mit mir allein bin, sammelt sich der Staub darauf, und die darfst du aber nicht abstauben, ich habe Angst, du machst sie kaputt, sie könnten zerbrechen.«

## 59.

Angela wärmt das Fertiggericht auf, das wir gestern in einem Supermarkt namens Jam gekauft haben. Angela hat zuerst nur ein Gericht in Plastik aus der Tiefkühltruhe genommen, Pancake mit Pilzen, und mich angeguckt und gefragt, ob wir eins oder gleich zwei nehmen sollten. Wir könnten die Pfannkuchen natürlich auch selbst machen, und ich habe ja gesagt, nehmen wir zwei, und habe mich über die Selbstverständlichkeit gefreut, mit der sie unsere Mahlzeiten als gemeinsame plant. Aber es hat mich auch deprimiert in diesem hässlichen Supermarkt, in dem die Frau vor uns an der Kasse vor allem Bier in Dosen einkaufte und wir die Fertiggerichte und ein Steak vom Angus Rind, das zusammen mit den Pfannkuchen nur zehn Dollar kostete, das machte mir Angst. Wir kauften noch eine Tragetasche in Orange dazu, auch das machte mich traurig, diese ganzen Plastiktüten. Und als wir die Pfannkuchen dann aber auf der schönen Terrasse von Angela aßen, während schon die ersten Regentropfen des angekündigten Gewitters auf unsere Teller fielen, wir gleichzeitig in einer sengenden Hitze saßen, war ich froh um die Schönheit der Umgebung: sanfte Hügel, dunkles und helles Grün, ganz hinten sogar ein glitzernder See.

## 60.

Jetzt soll ich aus Wörtern in einem Karteikasten, den Angela mir reicht, eine Geschichte erfinden. Ich ziehe eine Karte, auf der steht: *verlieren*, und: *einen Schlüssel verlieren*. Ich denke: Ich habe auf dem Weg zu Angela alles verloren. Mein Handyaufladekabel, meine Betablocker, meinen Pass. Meinen Mann.

## 61.

Wir gehen Arm in Arm am tosenden Meer entlang, und ich sage, es erinnere mich an Sylt, aber ich weiß schon, dass Angela Angst hat vor Inseln. Ich lege meinen rechten Arm um ihren Rücken und nehme gleichzeitig ihre linke Hand, die jetzt an meiner Hüfte ist, in meine linke Hand und halte sie, und ihre Haut ist so zart und dünn. Während wir gehen und ich dieses Gefühl habe, dass es jetzt egal wäre, wenn uns eine Welle wegspülen würde und mit in den Ozean reißen würde, und das nicht, weil ich unglücklich wäre und sterben wollte, sondern weil ich ohnehin gerade sterbe vor Glück, da überlege ich mir, wie ich das beschreiben und niederschreiben könnte, dieses tastende Gehen im Dunkeln im Sturm in Kalifornien neben einer achtzigjährigen Frau, die auch um Mitternacht noch nicht genug hat vom Leben und auch im Sturm und Regen weitergehen möchte zur nächsten Bar oder denselben Weg noch mal, und denke den Satz, den mein Schriftstellerfreund mir gesagt hat: »Wenn du in einer Geschichte bist, dann kannst du sie nicht schreiben, du kannst sie erst schreiben, wenn sie zu Ende ist.« Und da frage ich mich, wie die Geschichte ausgehen kann und sage, damit die Geschichte ein kleines bisschen vorangeht, einen Satz, für den ich zehn Minuten Anlauf nehme: »Es ist ein schönes Gefühl, dich im Arm zu halten.« Und in dem Moment denke ich, wie selten ich Sätze sage, die so wahr sind. Angela gibt ein kurzes, piepsendes »Ja« mit einem Fragezeichen von sich, aus dem ich heraushöre, dass sie womöglich auf so was gehofft hat, weil ihr Ja auch irgendwie unsicher kam, und diese Unsicherheit macht mich glücklich.


62.

Als wir in einem Restaurant unter der Markise sitzen, direkt vor uns das, was in letzter Zeit Starkregen genannt wird, erinnere ich mich an ein Kinderbuch und an mein Kindergefühl, das ich damals hatte, als ich das Buch las. Es ging um ein Mädchen, das in einem Kinderheim lebt, jetzt aber hoffen darf, in eine gute Pflegefamilie zu kommen, und wie das Mädchen das erste Wochenende bei den möglichen Pflegeeltern verbringt; es regnet auch in dieser Geschichte. Sie gehen mit Gummistiefeln und Regenzeug zusammen durch den Regen, und meine Erinnerung an das Buch kommt aber gar nicht allein durch den Regen und auch nicht durch den heißen Kakao, den das Mädchen mit den Pflegeeltern dann trinkt und den Angela mir später tatsächlich auch kocht, fast um Mitternacht, und den wir aus den kleinen Tassen mit den rechteckigen Henkeln trinken, die wir zusammen auf dem Flohmarkt gekauft haben. Ich erinnerte mich an das Buch schon lange vor der heißen Schokolade, die Angela rührte und rührte auf dem Gasherd. Es war das Gefühl, vielleicht ein Zuhause gefunden zu haben. »Darum geht es«, sagt meine Freundin Lea am Telefon, »du brauchst eine Nachbeelterung, und warum du immer denkst, du musst jetzt gleich mit der Person ins Bett, zu der du Vertrauen fasst, das weiß ich nicht.« Aber ich denke mir, es ist mir egal, woher was kommt, ich würde jetzt gerne mit Angela im Bett liegen, obwohl dieser Sturm natürlich auch nicht schlecht ist, weil wir uns aneinander festklammern.


63.

Angela sitzt mir gegenüber an dem kleinen, länglichen Tisch in ihrer Küche, sie an dem einen Kopfende und ich am anderen. Hier sitzt sie ansonsten allein, tagein, tagaus, auch während der ganzen Corona-Zeit, fast zwei

Jahre, allein. Sie löffelt die heiße Schokolade aus der kleinen Tasse mit dem rechteckigen Henkel, ihr Mund ist noch geschminkt und alles, was sie in den Mund nimmt, nimmt sie *vorsichtig* in den Mund. Auch das Eis, das wir am Nachmittag gegessen haben, hat sie *vorsichtig* geleckt. Bei Angela passt das Wort *achtsam*, dieses inzwischen leider so abgedroschene Modewort: *Achtsamkeit*. Bei Angela stimmt es im Ganzen. Wie sie die Einkäufe in die Tüten packt und ihre Kleider zusammenrollt, damit sie nicht knittern, wenn wir uns ausziehen am Strand. Auch bevor sie ein Wort sagt, holt sie es erst tastend aus sich heraus, damit es auch richtig ist und keinesfalls wehtut. Wenn sie sich in einem Geschäft umgeschaut hat, aber nichts gefunden hat, dann verlässt sie das Geschäft nicht, ohne dem Inhaber von seinen Sachen vorgeschwärmt zu haben.

## 64.

Ich muss Angela nicht fragen, Angela will mir alles erzählen: alles. Sie erzählt alles von Geburt an, und ich fühle in dem Moment, dass ich nichts davon preisgeben werde, weil es etwas Heiliges ist, schon wie sie es mir erzählt, und dass sie noch mal alles von vorne erzählen will, am Ende ihres Lebens noch mal von vorn anfangen will, mit mir, mit allem. Sie macht Betten, sie schminkt sich, sie geht zum Deutschkurs, so, als wäre sie zwanzig, und dann denke ich, dass ich ja auch alles mache, so, als müsste ich nie sterben.

## 65.

Es ist Morgen, es ist noch dunkel, und am Himmel leuchtet der Orion, wie Angela mir erklärt: »Schau, das ist sein Kopf und das sein Gewand, die drei Punkte da.« Und ich schaue hin und gleichzeitig nach ihrer Hand, berühre sie kurz, aber sie entzieht sich. Sie muss Sachen aus dem Auto räumen, um Platz zu schaffen für ihren Sohn und ihren Enkel. Nein, ich soll ihr nicht helfen, ich soll oben die Lichter ausmachen. Und bei der Gelegenheit schaue ich, ob die Backpulverspur geholfen hat, die ich gegen die Ameisenstraße ausgestreut habe, eine weiße dicke Schicht genau entlang der Straße. Das Pulver begrub viele der Tierchen unter sich, einige rappelten sich auf und wankten beladen mit dem Hydrogencarbonat in den Bau, wie wir hofften, denn an den Ursprung der Invasion konnten wir nicht gelangen, der lag im Giebel des hohen Daches. »Schau«, sagt Angela, »einige von ihnen haben Flügel, für einen Liebesflug wahrscheinlich, und dann ist es aus, peng, oder wie ist das bei den Ameisen? Sie tun einem gar nicht richtig leid, man kann sie ja nicht streicheln und sie auch nicht füttern.« Der ihr zugelaufenen Katze, der sie einen Namen gegeben hat, richtet sie ein bemaltes Schälchen mit dem Futter der Marke *Cat Love*.

## 66.

Im Supermarkt liest sie aufmerksam die Inhaltsstoffe der verschiedenen Katzenmenüs, setzt ihre blaue Brille auf und sucht die Sorten aus. Sie wolle der Katze ja nicht jeden Tag das Gleiche auftischen, sagt sie. Es ist eben jener Moment, in dem es um mich geschehen ist, wie man so schön sagt, ohne das phrasenhafte Wort mit den fünf Buchstaben zu benutzen, als Angela nämlich fünf Minuten lang die Zutatenliste des Katzenfutters liest, bevor sie die Tütchen in den riesigen Einkaufswagen legt, den wir durch den Supermarkt schieben, einen Supermarkt gefühlt so groß wie ein Flughafen. Zwei ganze Gänge voller Reis, so dass ich schließlich gar keinen Reis in den Wagen packe, was auch mit Angela zusammenhängen mag, die in dem Moment und auch heute noch das Einzige ist, das ich will. Ich kann mich für nichts anderes entscheiden, für nichts Gescheites, etwa ein Steak, wie Angela später bemerkt, »das hätte uns Kraft gegeben«. Stattdessen kaufe ich nur Sachen, die meinen augenblicklichen Zustand von Verzückung ohne Gedanken an die Zukunft und ohne Vernunft unterstreichen: Madagascar Milk Chocolate und Peperoni-Salami.

## 67.

Zum Frühstück kocht Angela mir einen warmen Porridge. Sie sagt, sie habe den Haferbrei am Abend noch eingeweicht, und danach hätte auch sie nicht einschlafen können. »Wie ich«, sage ich und denke, vielleicht hätte ich doch noch einfach rübergehen sollen zu ihrem Haus nur eine Straße weiter und fragen, ob ich mich zu ihr legen dürfe, weil ich nämlich wusste, dass auch sie nicht einschlafen konnte, weil ich mir sicher war, auch sie würde wach liegen und an mich denken und sich insgeheim wünschen, dass ich es wagte, einfach bei ihr zu klingeln und sie zu fragen, ob ich mich zu ihr legen dürfe, aber: Ich habe es nicht getan.

## 68.

Bekannte aus meiner Heimatstadt, die mit dem Auto durch Kalifornien fahren, tischen uns Linzer Torte auf, die sie von zu Hause mitgebracht haben. Der Zahnarzt holt sein iPad, um uns Fotos vom Urlaub zu zeigen. Und dann sagt er zu mir, die auf ihren Handflächen hin und her rutscht auf dem Stuhl: »Du scheinst wie auf Kohlen zu sitzen!« »Ja«, antworte ich, »wir müssen noch einkaufen und packen und aufräumen und um fünf aufstehen morgen.« Dabei will ich doch nur mit Angela Arm in Arm am Meer entlanggehen.

Angela ist dankbar und steht auf. Der Bekannte zeigt uns noch einen Brunnen und eine Laube, er ist so begeistert, als sei er der Reiseveranstalter. Wir verabschieden uns, und ein paar Meter weiter umarmen wir uns. Angela sagt, sie wolle mit mir eine Reise machen. »Können wir zusammen eine Reise machen?« Sie denkt daran, dass wir immer irgendwo sind und uns dann überlegen, wo wir als Nächstes hinfahren.

## 69.

Angela weint. Sie sagt, sie will nicht weinen. Sie schämt sich. Ich sage, ich will weinen. Sie sagt, sie hat zehn Badewannen voll geweint. Ich sage: »Ich nicht mal einen Eierbecher.« Ich habe in meiner ganzen Kindheit nicht geweint. »Stimmt«, sagt meine Mutter, wenn ich sie darauf anspreche, »du hast nie geweint.«

## 70.

Ich wollte oft weinen, aber es ging nicht. Einmal habe ich als Jugendliche etwas aufgeschrieben, als ich nicht weinen konnte: »In meinem Kopf ist meine Welt. Da fließen Milch und Honig. Da sind Knöpfe, die kann ich drücken, und es kommt, was ich will. Bilder, Worte. Musik. Mein Kopf wird heiß von der Musik. Die Drähte laufen heiß. Ich will den Knopf drücken, damit es zu Ende ist. Aber es geht nicht. Ich will die Musik nicht mehr hören. Jetzt trommelt es. Ich sitze in einem Wäschetrockner. Drinnen. Gefangen. Heiß. Ich kriege keine Luft. Mein Atem ist aus. Die Maschine schleudert mich hin und her. Mein Herz in meinem Kopf springt hin und her. Es hört nicht mehr auf. Ich beiße die Zähne aufeinander. Die Zähne zerknirschen. Die Bröckel sind in meinem Mund. Ich esse Stein. Aber er bleibt in meinem Hals stecken. Anstatt zu schlucken, denke ich mir Wörter aus: Ausmirherausbehalten. Entkommenskopf. Ich höre die Technomusik in meinem Kopf. Ich hole das Telefon, das an einer Schnur hängt. Wegen des Kabels geht die Tür nicht zu. Ich drücke gegen die Tür, weil ich mich einschließen will. Die Tür geht nicht zu. Dann nehme ich das Telefonkabel und lege es um meinen Hals.«

## 71.

»Du liegst da wie ein Baby«, sagt Angela zu mir, weil ich mich auf die Seite gedreht und mich eingerollt habe auf dem Handtuch. Aber ich fühle mich gar nicht wie ein Baby, sondern ich sehe die schönen, immer noch runden und festen Brüste von Angela mit den Augen einer Frau, die eine Frau berühren will.

## 72.

Ich denke an den Satz meiner Freundin Lea: »Wenn die Nähe spannend ist, dann ist das Zusammenschlafen vielleicht gar nicht nötig.« Das könnte es genau treffen zwischen Angela und mir, die Nähe zwischen uns ist aufregend genug – aber ich möchte die Möglichkeit nicht wegdenken.

## 73.

»Du kleidest dich wie ein Junge«, sagt Angela, und ich schäme mich, als wäre etwas falsch mit mir, statt dazu zu stehen, wie ich bin. Ich fühle mich nicht wohl in Röcken oder mit hochhackigen Schuhen. Ich habe mich auch noch nie geschminkt. In meinem ganzen Leben kein einziges Mal.

## 74.

Wir gehen Arm in Arm, überall. Wir halten uns fest, gehen eng beieinander, deshalb wollen wir den ganzen Tag gehen, um das zu spüren. Sobald ich den Arm löse für einen Moment, etwa, um auf mein Handy zu schauen, wegen der Uhrzeit, mit der ich immer richtigliege in diesen Tagen, mit meiner inneren Uhr, wenn ich meinen Arm einen Moment lang wegnehme, nimmt Angela wieder meine Hand und legt meinen Arm um ihre Hüfte, damit wir so weitergehen können. Irgendwann einmal sagt sie: »Was die Leute wohl denken, was wir für ein komisches Paar sind. Diese Oma und dieses junge Wesen.« Ich sage: »Da darfst du nicht von außen drauf schauen.« Sie sagt: »Aber man muss es sich klarmachen, wie es aussieht. Wenn andere einem das sagen. Dass man dann nicht erschrickt.«


## 75.

»Das Schöne ist«, sagt Angela, »dass es immer wiederkommt, dass es immer wieder sein kann, dass du zu mir nach Kalifornien kommst.« Und ich sage: »Ich werde im Winter auch kommen, und im Herbst und im Frühjahr, und wenn ich dich schon vorher gekannt hätte, dann wäre ich auch während Corona zu dir nach Kalifornien gekommen, auch als es verboten war, da hätte ich mir einen falschen Pass besorgt.«

Leider halte ich es nicht für möglich, für real, »realisiere«
ich nicht, was sich anbahnt, dass sich mir das Glück
andient, wie greifbar nah mein Glück plötzlich ist, und
ich aber nehme es nicht. Denn wie kann es sein, dass
meine unmöglichen Wünsche plötzlich tatsächlich in
Erfüllung gehen, dass eine Frau, die ich küssen will, sich
plötzlich zum Kuss mir entgegenneigt, denn etwas anderes ist es nicht, als Angela, wie jetzt auch in einem Schund-
roman stehen würde, mir lange in die Augen schaut, so
rührend und seelenvoll und ohne Scheu, und dann zu
mir sagt, du siehst ganz verloren aus, weil ich sie nämlich auch anschaue, wie ich noch niemanden angeschaut
habe vorher, auf den Metallstühlen unter einer Markise
im strömenden Regen am tosenden Pazifik. Der junge
Kellner kommt, und ich sage: »Keinen Alkohol, ich habe
genügend körpereigene Drogen gerade«, aber auch hier
setzt Angela sich mit ihrer wortlosen Art durch, und wir
bestellen schließlich Caipirinha, einen Cocktail, der mich
immer interessiert hatte, ihn einmal auszuprobieren, nur
hatte ich noch keinen Anlass gehabt, die Anlässe immer
hinausgeschoben, so, wie ich mein Leben immer woanders
wähnte als da, wo ich mich gerade befand, aber jetzt, mit
Angela, konnte es beginnen. Und es beginnt tatsächlich,
weil Angela wieder weint und sich dann ganz offensichtlich und deutlich zum Kuss zu mir neigt und ich meine
Brille absetze, folgerichtig, dann jedoch nicht zum Kuss
ansetze, sondern meinen Kopf an ihren Hals schmiege.
Warum ich die Situation nicht kapiere, ist wahrscheinlich

das Überwältigende, das Unglaubliche meines Glücks, und so halte ich meinen Kopf an ihren Hals, ab und zu bewege ich meinen Kopf etwas, streichele damit Angelas Hals und Kinn. Sie fragt mich, wie das für mich sei, und ich sage, wunderschön, aber dass ich auch Angst habe, denn das ist es, was ich beides gleichzeitig fühle, und ich muss an Rilke denken und den Engel, der einen plötzlich ans Herz nimmt, was zugleich des Schönen und des Schrecklichen Anfang ist. Warum ich Angela nicht auf den Mund küsse, den sie mir deutlich und langsam darbietet, dann ist das Unglaubliche dieser Situation womöglich auch dadurch bedingt, dass wir ja ein ungleiches Paar sind, sagen wir es mal so: Wie sähe es aus, wenn sich eine achtzigjährige und eine Frau Mitte vierzig einen Zungenkuss geben am helllichten Tag in einer Bar am Strand, wo noch andere Paare sitzen, ein Mann und eine Frau, die eben noch eng umschlungen aufs Meer geschaut haben, wie im Bilderbuch, und die sich dann an den Tisch neben uns gesetzt haben, und dann wir, küssend, und völlig aus jedem Bild herausfallend, aber total, für unser Bild gibt es kein Buch, das müsste erst noch geschrieben werden.


## 77.

Manchmal erschrecke ich, wie alt Angela aussieht, und dann wieder finde ich sie viel jünger und hübsch. Besonders wenn sie sich schick macht für die Stadt und einen Rock und einen Blazer trägt. Ihr Blick ist wie der eines Kindes. Sie schaut nicht wie eine alte Frau, sondern wie ein junges Mädchen. Sie ist sieben, acht Jahre alt, manchmal dreizehn.

## 78.

Angelas Haare sind durcheinander, weiße Locken kleben ihr an der Stirn und stehen in alle Richtungen ab. Das Salz des Meeres haftet an ihrem Gesicht, die Schminke ist weg, und Angela sieht mich an und lacht. Sie will ein Selfie machen, und ich weiß jetzt schon, dass man sofort sehen wird, was zwischen uns ist. Angela sagt: »Da passiert etwas auf einer ganz tiefen Ebene zwischen uns, im Unterunterbewusstsein oder so«, und ich sage: »Es ist ein traumatischer Sog.«

## 79.

Ich fühle mich geborgen, es ist mir egal, wenn in der Nacht ein Fensterladen im Sturm klappert und mich immer wieder weckt. Ich schlafe immer wieder ein, und zwar bis morgens Viertel vor elf.

## 80.

Die Kleine ruft an. Sie weint. Sie vermisst mich. Ich sage ihr, ich stelle mir vor, dass ich neben ihr liege und ihren Pupsgeruch rieche, und das sei das Schönste für mich auf der Welt. Und sie könne sich vorstellen, dass sie in meinen Armen einschläft, und dann weint sie noch mehr.

## 81.

Wenn du in einer Geschichte bist, kannst du sie nicht schreiben, sagt mein Schriftstellerfreund. Erst danach. Wenn sie vorbei ist. Und ich spüre an meinem Leib, dass es stimmt, denn eine helle weiche Kraft, die sich anfühlt wie Glück, zieht mir alle Energie aus dem Kopf und lässt mich in meinem Säugetierleib sein, mein Denken löst sich auf in diesem süßen Weiß, und es gibt keine Sätze mehr in mir, und ich schweige, die ganze Fahrt von Berkeley nach Oakland zum Flughafen, auf dem Highway, Angela neben mir am Steuer. »Schau, wie schnell es hell wird«, sagt Angela. »Das geht hier ganz schnell«, und es stimmt, eben war es noch Nacht.

## 82.

Angela und ich gehen Arm in Arm durch den Flughafen, und Angela sagt: »Dann sehen wir, was aus dem wird, was wir hier zusammen machen.« Und schon wieder kann ich es nicht fassen, es ist doch so eine Art Beziehungsangebot, vor allem mit dem, was sie danach sagt: »Wir werden sehen, wen du demnächst so kennenlernst«, denn das bedeutet ja eine Angst, dass ich doch nicht sie wählen könnte, als meine Freundin. »Genau das heißt das doch, Lea, oder?« Das frage ich Lea zurück in Deutschland, wo ich, an einem kalten Gleis auf den Zug wartend, mir den Mantel unter den Po schiebe und mir meinen weißen Schal um den Hals wickele, so dass sich die Kopfhörerkabel in dem Schal verstricken.

## 83.

Angela sagt am Telefon: »Es war sehr nett, etwas zusammen zu unternehmen.« Sehr nett, denke ich, und etwas stirbt in mir ab. »Du hast es eben noch nicht geschafft, jemanden zu finden, der dir ein sicheres Bindungsangebot macht«, sagt Lea. Es ist Herbst geworden und kalt, ganz plötzlich. Ich friere, ich muss eine Mütze tragen und eigentlich auch Handschuhe, wir müssen unseren Schrank durchsuchen nach den Wintersachen, auch wenn uns dann alles entgegenquillt und der Tag damit zugebracht werden muss, die Sachen in einer Ordnung wieder in den Schrank zurückzustopfen.

## 84.

Am Morgen um halb sechs weckt mich eine SMS. Ich habe vergessen, mein Handy lautlos zu stellen, und jetzt darf ich daliegen im Dunkeln und auch Stickigen, weil ich nicht mehr die Fenster öffne in der Nacht wegen des Lärms. Ich bin allein und fühle mich krank, obwohl ich es nicht bin. Ich gehe nackt in die Küche und koche mir einen Espresso, kippe das Espressopulver vom Tag davor in den Biomüll, spüle die Mokkakanne aus, fülle neues Wasser ein, all das. Während der Espresso kocht, räume ich die Spülmaschine aus und die Reste des Abendessens vom Küchentisch. Zwei Nürnberger Rostbratwürstchen und ein paar Pommes, die am Teller festkleben, sind übrig geblieben, außerdem ein See von vertrocknetem Ketchup, denn aus den Glasflaschen kommt immer zu viel auf einmal raus, aber Plastik wollen wir nicht. Ich sitze in meinem hellblauen Bademantel aus Biobaumwolle allein am Küchentisch, wie eh und je.

## 85.

Als ich zu den Kindern ans Bett komme, die nackig nebeneinanderliegen, wie zwei Tierchen riechen und atmen, fühle ich mich auch wie ein Muttertier, als ich an ihnen schnuppere, um sie zu wecken, und sie piepsende Geräusche machen und ich ihnen sage, dass sie die schönsten Wesen sind auf dieser Welt. Die Katze kommt auch dazu, sie lässt sich auf der Bettdecke nieder und schnurrt, rollt sich ein, hebt kurz den Kopf, öffnet ein Auge: Alles in Ordnung.

## 86.

»Er will mich nicht sehen«, sage ich zu Lea. »Geh einfach trotzdem hin«, sagt sie. Ich fahre hin mit meinem E-Bike. Samuel kommt gerade die Treppe runter. »Ich will dich nicht mehr sehen«, sagt er zu mir. Ich merke, wie ich bockig werde. Obwohl ich doch selbst nicht weiß, was ich will. Obwohl es doch vielleicht das Beste wäre, um ihn mir aus dem Herzen zu reißen. »Dann schau mich an: Dann bist du mich endgültig los«, sage ich. »Ja, das ist wahrscheinlich das Beste«, sagt er. »Ich wäre dir nicht böse.« Er fährt weg. Ich frage ihn, wohin, aber er sagt es mir nicht.

Vor dem Haus von Samuels Praxis steht der Student, der in dem Haus wohnt. »Lassen Sie mich rein?« Er lässt mich rein, und ich gehe hoch und setze mich an den Tisch, an dem tagsüber die Sprechstundenhilfe sitzt, die Praxistür ist immer offen. Ich bin kurz vor dem Durchdrehen. Ich könnte mich selbst in die Psychiatrie einliefern. Wenn ich nicht die Kinder hätte, würde ich es erwägen. Er kommt drei Stunden lang nicht. In den drei Stunden tigere ich durch die Praxis, das Blut fließt aus mir raus, plötzlich habe ich doch meine Tage bekommen, zwei Wochen zu spät. Der Teppich im Patientenklo ist voll von schleimigen Blutklumpen. Ich lege ihn ins Waschbecken. Ich nehme mir ein trockenes Brot. Beiße in die harte Rinde. Ich lege mich auf die schwarze Kunstlederliege, auf der Samuel seit unserer Probetrennung schläft. Ich friere. Hole meine Jacke. Ich lege mich in der Jacke unter die Decke. Ich schaue aus dem Fenster. Gegenüber ist das Rathaus. Zwei Frauen unterhalten sich in einem beleuchteten Raum. Im Untergeschoss spiegelt sich in den Fenstern die Haustür von dem Haus, in dem ich warte. Das ist eine gute Position. Ich schaue immer auf die Fenster, solange es noch hell ist. Es passiert viel, wir sind in der Altstadt. Leute steigen in Autos ein, unterhalten sich, machen Fotos. Immer wieder denke ich, jetzt kommt er, jetzt kommt die Erlösung, aber dann ist es nur der DHL-Bote, der die Tür zuschlägt. Ich halluziniere seine Schritte. Irgendwann weiß ich, jetzt sind es keine Halluzinationen. Er kommt wirklich. Ich entspanne mich. Ich bin ehrlich. Ich sage, ich dekompen-

siere. Ich gebe auf. Ich entschuldige mich. »Ich hänge
an dir.«

## 87.

Samuel sagt, wir machen eine Fahrradtour. Es ist kalt
und nieselt. Marie will nicht. Ich überzeuge sie mit den
Pferden. »Wir fahren zu den Pferden.« Es ist so kalt, dass
meine Hände am Lenker schmerzen. Über uns rauscht
die Autobahn, wir fahren unter ihr hindurch. Der Weg
ist steinig und matschig. Hannah sagt, dass es eine blöde
Fahrradtour sei. »Was machen wir denn als Familie
zusammen«, sagt sie zu mir. »Nichts. Wir fahren in der
Kälte hintereinanderher.«
Samuel hält, weil er einen Walnussbaum entdeckt hat. Er
will Walnüsse sammeln. Ich bringe ihm eine Tüte. »Wie
gut, dass die Mama eine Tüte mitgebracht hat«, sagt er.
Wir heben die Nüsse in den dunklen, feuchten Schalen vom Boden auf. Unsere Hände werden schwarz. Wir
heben die Walnüsse schweigend auf. Samuel tut mir leid.
Ich fühle mich schuldig.
Wir fahren weiter. Zu den Pferden geht es am Rand an
einer Schnellstraße entlang. Siebzig Stundenkilometer
sind erlaubt. »Ich will da nicht fahren mit den Kindern«,
sage ich. Samuel sagt, dann müssen wir außen rum fahren. Wir fahren im Kreis. Marie will früher abbiegen zu
den Pferden, durch einen Matschweg fahren. »Nein, da
noch nicht«, sagt Samuel. Dann biegen wir in einen anderen Matschweg ein. Da ist eine Riesenpfütze. Samuel

braust durch die Pfütze. Das Wasser spritzt, aber er schafft es. Hannah und ich schaffen es auch. Wir fahren am Rand, wo die Pfütze nicht tief ist. Aber wir sagen Marie nicht, wie sie es machen soll. Dass sie am Rand fahren soll. Sie nimmt Schwung. Sie bleibt in der Mitte stecken, das Fahrrad steht bis zur Hälfte im Wasser. Das Fahrrad kippt um, unser Kind steht mit einem Bein im Wasser und fängt an zu weinen. »Seht ihr, es ist alles nur blöd. Wir hätten meinen Weg fahren sollen.« Samuel sagt, sie solle nicht pienzen, sondern rauskommen aus dem Matsch. Ich gehe hin und ziehe das Fahrrad aus dem Matsch. Samuel sagt, sie müsse den Schuh ausleeren. Er zieht seine eigenen Schuhe aus und gibt ihr seine Socken. Das ist eine nette Geste, die aber nichts daran ändert, dass unser Kind in einem komplett nassen Schuh steckt und friert. Sie sagt, sie wolle mit dem Taxi nach Hause. »Wir fahren jetzt zu dem Lokal«, sagt Samuel. »In dem Lokal stellen wir die Schuhe auf die Heizung.« Das Lokal ist geschlossen. Vor dem Lokal stehen noch andere Familien, die einen Ausflug machen, ebenfalls ratlos. Ich denke an die vielen Male, an denen ich alleine mit den Kindern einen Ausflug hierhin gemacht habe. Erster Mai, Ostern, Pfingsten. Immer lauter Familien, und ich allein. Heute bin ich das erste Mal mit meiner Familie da, die nie eine war und keine mehr ist.

## 88.

»Jetzt gehen wir mal zur Realität über. Du wirst nie mit der Angela zusammenkommen, das ist schon mal klar. Es ist einfach zu schräg«, sagt Lea.

## 89.

Ohne eine neue Geschichte anzufangen, will ich sagen, dass ich, seit ich Angela liebte, aber nicht mit ihr schlief, einmal mit einer anderen Frau geschlafen habe. Vielleicht wollte ich mich selbst heilen, deshalb habe ich eine besonders junge und besonders schöne Frau ausgesucht. Sie war schlank und hatte ein großes Bett mit Heizdecke, eine Dusche, an deren Rand aufgereiht Dildos standen. Sie kochte mir einen leckeren Tee, sie zog mich nackt zu sich auf den Schoß, so saßen wir da, die Beine um die jeweils andere geschlungen. Unsere Arme lagen auf unseren Rücken, ihre Hand streichelte meinen Hinterkopf, und unsere Stirnen berührten sich. Es lief eine indische Musik mit tiefen Tönen. Auch wir machten Töne zusammen, und ich spürte gar nichts, wirklich nichts. Bei Angela reicht es, wenn sie mit ihrem Zeigefinger meine Hand berührt.

## 90.

Aber diese Geschichte kann ja nicht endlos so weitergehen, dass Angela und ich Arm in Arm zusammen spazieren gehen, so wie Adrienne Mesurat Tag für Tag am

Fenster sitzt und an den Mann denkt, den sie liebt, ohne jemals mit ihm zu sprechen. »Hast du endlich ›Adrienne Mesurat‹ gelesen«, fragt mein Schriftstellerfreund, der mein Problem erkennt, ohne dass ich es benennen muss. »Ich habe es mir bei eBay als Hörkassetten gekauft«, sage ich. »Aber habe keinen Kassettenrecorder. Kein Mensch hat einen Kassettenrecorder, kein Nachbar, kein Freund.« »Das ist eine typische Sarah-Geschichte«, sagt mein Schriftstellerfreund. Ich habe mir schließlich einen Walkman bestellt, und den konnte ich nicht bedienen, ich wusste nicht, von welcher Seite und in welcher Richtung die Kassetten abgespielt werden, und dann fing die Geschichte immer wieder von vorne an oder ein ganzer Teil wurde übersprungen. Aber die Botschaft habe ich verstanden: Ich sitze da mit meiner Liebe und schaue aus dem Fenster. Angela und ich sprechen und kommen uns immer näher, aber ich will sie lieber küssen ohne Worte. Sie fragt mich: »Was willst du mit so einer alten Schachtel?« Ich sage ihr, dass ich nicht weiß, was ich will, dass ich es einfach wunderschön finde, sie im Arm zu halten, dass es ein wunderschönes Gefühl ist, sage ich. Und dann schauen wir auf die Schiffe hochbeladen mit Containern, die in fremde Länder fahren übers Meer.


## 91.

Angela und ich wollen zu einem Konzert gehen, Andrea Bocelli, der blinde Tenor, der so schöne Schnulzen singen kann, aber auch Tosca und »Bleib bei uns, denn es will Abend werden«. Wir fahren mit einem Taxi durch die Dunkelheit, die Lichter der Stadt und ein heftiger Sturm um uns. Wir müssen uns aneinander festhalten, um nicht weggeweht zu werden. Als wir vor dem Konzerthaus stehen, ist das Konzert abgesagt. »Wir fahren jetzt zu mir«, sagt Angela, wir könnten uns ja ein kleines Privatkonzert machen, mit der Musikbox, die sie gerade geschenkt bekommen hat, und die Box mit meinem Zauberhandy verbinden, auf dem alle Musik der Welt ist.


## 92.

Angela sagt, dass ich bei ihr übernachten soll. Sie sagt, wegen des Sturms, aber als sie die rote Tagesdecke vom Bett zieht, sagt sie, schau, ich habe dir schon alles bezogen. Da liegt eine zweite Bettdecke. Wir lassen Andrea Bocelli »Caruso« singen und zünden Kerzen an, einen fünfarmigen Leuchter und ein paar Teelichter, und da klingelt es an der Tür. Eine junge Polizistin mit offenen, langen blonden Haaren sagt uns, wir sollten wegbleiben vom Fenster. Ein Gerüst nebenan hätte sich durch den Orkan gelockert, es hinge nur noch so da, und sie hätten Angst, dass Teile von dem Gerüst auf Angelas Haus flögen. Die Polizistin schaut sich die Lage in dem Haus genau an und deutet auf das Bett in der Ecke: »Am besten, Sie gehen gleich ins Bett«, sagt sie zu uns. Ich finde es lustig, dass eine Polizistin sich vorstellen kann, dass eine achtzigjährige mit einer fünfundvierzigjährigen Frau in ein Bett geht, um jetzt nicht zu sagen: mit ihr ins Bett geht, diesen Begriff mag ich nicht, und er würde auch gar nicht dazu passen, was zwischen Angela und mir dann passiert. Wir streicheln uns im Gesicht, und Angela sagt, es hätte sie noch nie jemand im Gesicht gestreichelt. Sie sagt auch, dass sie eine weite Schneelandschaft sähe, da sei ein einsames schwarzes Tier, und das sei sie, ein Tier, das nicht dazugehöre, und ich wische ihr mit meinem Zeigefinger und meinem Mittelfinger die Tränen von ihren Wangen. Das Gerüst draußen klappert, die weißen Plastikplanen flattern und schlagen lautstark gegen das Nachbarhaus. Angela will das Ganze filmen, stellt sich auf den Balkon, woraufhin abermals die Polizei kommt, diesmal zu zweit, und freundlich sagt, wir sollten weg vom Fenster und erst recht vom Balkon. Angela macht das Licht aus und stellt sich wieder auf den Balkon. Kurz darauf klingelt es nochmals, diesmal nur der männliche Polizist. Auch ein junger. Jetzt sieht er mich an. Er schaut mich an, als sei ich die Chefin. Der Mann im Haus. Er schaut, als sei Angela meine durchgedrehte Frau, die bei so einem Orkan auf dem Balkon stehen muss und filmen, während fast ein Gerüst auf sie stürzt. Ich freue mich, dass er uns offensichtlich als eine Art Paar sieht, mit mir als der Verantwortlichen. Er blickt auf die flackernden Kerzen und die halbleere Rotweinflasche und auf die rote Lautsprecherbox, aus der in Schleife und sehr laut »Caruso« kommt. Auch er sagt: »Am besten, Sie gehen jetzt ins Bett.«

## 93.

Angela sagt: »Legen wir uns jetzt hin, machen wir es uns auf dem Bett gemütlich.« Angela schnuppert an meinem Gesicht, an meinem ganzen Körper schnuppert sie, und dabei fallen ihre Haare in mein Gesicht und auf meine Brust, aber ich bin noch angezogen. Ich merke, wie schön es ist, wenn auch sie mal was macht, wenn nicht nur ich die treibende Kraft bin. Sie nimmt meine Hände und sagt, es seien keine Katzenhände, keine Krallen, und sie klettert mit ihren Fingern an meinem Arm und meiner Hand hoch, und ich denke, ich sehe, sie ist eine Künstlerin, überall, auch im Bett.

## 94.

In der Nacht küsst sie mich vorsichtig auf beide Mundwinkel. Wir halten uns an den Händen, und sie streichelt mein Gesicht und streicht mir die Haare hinter die Ohren. Sie erzählt und erzählt, und ich bin gut im Fragen, besser als sonst. Ich frage immer weiter, damit sie nicht aufhört, zu erzählen, denn ihr Reden ist wie ein Eindringen und Michausfüllenwollen. Sie erzählt mir ein Märchen von einem Mädchen, das in einen Turm eingesperrt ist. Nicht Rapunzel. Ein anderes Mädchen. Sie schreibt alles, was sie über sich weiß, an die Wände in dem Turm. Ich sage, mein Lieblingsmärchen sei das mit dem Kastrationsgürtel. Angela ist ganz erschrocken, denn es sei doch ein Keuschheitsgürtel, sagt sie. »Schneewittchen, das meinst du doch?« Irgendwann sagt sie, wir müssen jetzt schlafen, es ist nämlich schon drei. Ich rücke auf die andere Seite des Bettes, aber Angela sagt: »Bleib. Bleib so.«

## 95.

Am Morgen schließe ich die Balkontür, damit der Lärm von dem Gerüst Angela nicht weckt. Die Gerüstbauer müssen jetzt das einsturzgefährdete Gerüst abbauen, sie hangeln sich in der Höhe über die dünnen Böden, sie sind nicht gesichert, ihre Sicherheitsgurte hängen an ihnen herab, und keiner kommt auf die Idee, sich irgendwo fest-zuschnallen, wo auch.

## 96.

Angela, später, gleich nach dem Aufstehen, ist vom Geschehen gegenüber absorbiert. Sie schaut und macht ein Video und sagt, wir sollten den Gerüstbauern Kaffee bringen. Und nur der eine würde sich trauen, »die anderen schauen zu, nur der eine macht«. Ich schnippele Obst für ein Müsli. Angela legt die Arme auf meine Schultern und küsst mich: »Good Morning.« In dem Moment kocht die Hafermilch im Topf über, es zischt, aber stinkt nicht, das ist das Gute an Hafermilch.

## 97.

Ich liege in Angelas Badewanne und schäume meine
Haare mit Spezialshampoo für blondgefärbte Haare
ein, denn Angela hat sich ihre Haare jetzt blond gefärbt.
Ich rufe Angela irgendetwas zu, ich weiß nicht, ob ich es
bewusst oder unbewusst mache, damit sie ins Bad rein-
kommt, um mich zu verstehen. Sie steht und schaut auf
meinen Körper in der Wanne, auf meine rasierte Scham,
die bei ihr nicht rasiert ist, das ist generationsbedingt. Ich
überlege mir, ob ich ihr zuliebe das Rasieren auch lassen
sollte, ob es sie ängstigt und ob ich dadurch noch mehr
wie ein kleines Mädchen aussehe ihr gegenüber. Angela
guckt interessiert ganz ohne Scheu. Sie steht und schaut
und freut sich über meinen nackten, festen Körper. Ich
schaue auf ihre nackten und ebenfalls festen und glatten Beine, und auf ihre Brüste, die sich unter dem Nachthemd abzeichnen.

## 98.

Als ich von meiner Amerikareise nach Hause komme,
spätabends, weil ich beim Umsteigen vom einen Zug in
den nächsten wegen einer Verspätung in einem düsteren
Vorort festgehalten wurde, die Güterzüge rauschten in
einer Geschwindigkeit an mir vorbei, dass ich Angst hatte,
mitgerissen, fortgerissen zu werden, liegt Samuel, der auf
die Kinder aufgepasst hat, in meinem Bett und liest. Er
bequemt sich nicht etwa aufzustehen, um mich zu be-
grüßen, sondern ich muss mich zu ihm herunterbeugen,

um ihn küssen zu können, auf die Stirn. Dann allerdings gibt er mir zu verstehen, dass er Hunger nach mir hätte, wie er sagt, was bei ihm heißt, dass er mich vermisst hat. Er sagt das allerdings, ohne von dem Buch aufzuschauen, das er bei mir im Regal entdeckt hat und von dem er glaubt, dass es mein und sein Leben verändern würde. Er will das Buch auch gar nicht aus der Hand legen, sondern es ist ihm gerade recht, dass ich zuerst noch baden will nach der langen Reise, weil er so weiterlesen kann. Ich bade in einem Edeltannerholungsbad, schlage mir dann beim Aus-der-Wanne-Steigen das Knie blutig, so dass das weiße Handtuch Flecken bekommt und später auch meine ebenfalls weiße Bettwäsche. Samuel nimmt das Büchlein auch mit auf die Toilette, er geht zur selben Zeit auf die Toilette, zu der ich bade, so viel Nähe war in fünfzehn Jahren nicht möglich gewesen, wir waren nie zur selben Zeit im Bad, er rief immer etwas affektiert: »Das Bad ist frei!«, was mich jedes Mal störte, warum konnte man nicht zusammen ins Bad gehen? Aber an diesem Abend setzt er sich sogar aufs Klo, während ich in der Wanne liege, und fängt an, mir aus dem Buch vorzulesen, »Das Lächeln des Tao«. Es sei kein Sachbuch, das betont Samuel. Sachbücher mit ihren Handlungsanweisungen stießen ihn ab, wenn ihm *vorgeschrieben* werde, was er zu tun habe – aber dieses Buch sei ein Roman. Ein Taoist brächte einem Mann Kochen bei, das sei die Handlung. Dabei tanzten sie zusammen und brächten so einige Wahrheiten ans Licht, die unter anderem darin bestünden, so Samuel, dass wir mit unserem westlichen Sex wie im

Schlamm wühlende, grunzende Schweine seien, es aber vielmehr auf die *Verbindung* ankomme, die wir währenddessen zueinander hätten, das Einswerden. Samuel sagt: »Lass uns doch einfach hinlegen und die Verbindung spüren.« Ich kann überhaupt nicht glauben, was ich höre, und überlege, ob dies der Anfang einer tiefgreifenden Verwandlung Samuels sein könnte, die ich letztlich meinem Schriftstellerfreund zu verdanken hätte, der dieses Buch in seinem Schlafzimmer stehen hat. Ich war in sein Schlafzimmer gegangen, um sein Bücherregal abzufotografieren, was mir seine Frau gestattet hatte, mein Schriftstellerfreund aber als eine Grenzüberschreitung empfand, wie er mir deutlich zu verstehen gab. Doch habe ich diese Verärgerung in Kauf genommen, und letztlich hat sie dazu geführt, dass Samuel nun entgegen seiner Aversion gegen Anleitungen einen Kurs »How to please a woman« belegen wollte und noch weitere Aufbaukurse mit Titeln wie »Im Zentrum der Göttin«.

## 99.

»Geht nicht beides?«, fragt mich Lea. »Samuel und Angela. Das ist doch etwas ganz anderes.« Aber in mir drin scheint nicht beides zu gehen. Auf dem Weg von meinem Büro nach Hause fange ich an zu schwanken. Alles um mich herum schwankt. Ich gehe den Berg hoch und halte mich an den Latten eines Zaunes fest. Meine Nachbarin mit ihrem Labrador schaut mich an und fragt, ob sie mich nach Hause begleiten solle. Sie reicht mir den

Arm. Zu Hause stelle ich fest, dass ich nicht mehr stehen kann. Ich lege mich ins Bett. Mir ist schwindlig. Ich denke, es ist wieder was mit meinem Herzen. Ich fahre mit dem Taxi zu meinem Mann und kotze seine Praxis voll. Er sagt, ich müsse ins Krankenhaus, aber ich sage, das könne doch nicht sein. Ich liege da unter der Kaschmirdecke der Sprechstundenhilfe meines Mannes und habe Angst, dass auch die Decke etwas von meinem Erbrochenen abkriegt. Ich habe das Waschbecken vollgebrochen, den Boden im Klo und den Mülleimer im Behandlungszimmer und will jetzt mit dem Taxi nach Hause fahren, aber sobald ich den Fuß auf den Boden setze, muss ich würgen. Mein Mann hält meine Hand. Ich bin so glücklich wie lange nicht mehr. Er macht auf die Schnelle ein paar neurologische Untersuchungen mit mir. Ich muss auf seinen Zeigefinger schauen, er schiebt meinen Pullover hoch und legt seine Hände auf meinen Bauch. Die Sanitäterin sagt: »Jetzt lächeln Sie wieder« und dass wir gut zusammenpassen würden. Nach langem Zögern, als die Sanitäter fragen, in welcher Beziehung wir stünden, sagt er, er sei mein Mann, aber das Zögern dauert sehr lange und das M ist auch sehr langgezogen. Es tragen mich vier Sanitäter auf einem Tuch aus dem Gebäude, denn eine Trage passt nicht in den Fahrstuhl. Im Fahrstuhl legen sie mich in dem Tuch auf den Boden, obwohl ich gar nicht schwer bin. Mein Mann fährt mit seinem Fahrrad dem Krankenwagen hinterher und überreicht mir bei Ankunft vor dem Krankenhaus das Handy, wo auf dem Display ein Foto von Angela drauf ist.

## 100.

Sie legen mich in ein Zimmer neben eine Frau, die ich nicht sehen kann, weil sich alles dreht. Ich kann sie nur hören. Die Frau erzählt mir von ihren zwei Tumoren. Gestern sei sie operiert worden. Sie sagt, ihre Freundin hätte auch so einen Schwindel gehabt wie ich, und dann seien es zwei Tumore im Gehirn gewesen. Ich habe Angst bis zum Morgen. Sage nichts mehr. Liege nur noch da und höre den Löwen im benachbarten Zoo brüllen. Ein Pfleger kommt und hängt eine Infusion an die Nadel, die sie in die Vene nahe meiner Hand gesteckt haben. Damit ich Flüssigkeit bekomme. Ich sage, das ist ja schon toll, hier einen Medizinstudienplatz zu kriegen. »Gute Uni.« Er sagt nur wieder: »Ja.« Und dann muss ich ihn fragen, ob er mir eine Bettpfanne bringen kann, weil ich weiß, dass ich es nicht bis zum Klo schaffen werde. Ich frage den Studenten, ob er mir einen nassen Waschlappen bringen kann. Mit dem nassen Waschlappen mache ich mein ganzes Bettlaken nass. Aber das ist mir alles egal.

## 101.

Wegen der Maske kann ich bei der Visite das Gesicht der jungen Ärztin nicht lesen. Sie redet lange mit der Frau mit den Tumoren. Sie spricht viel zu cool, denke ich. Es geht um das Leben der Frau, und sie benimmt sich, als könne man eine Münze werfen, ob sie sich jetzt für eine Chemo oder eine weitere OP entscheiden soll. Dann wendet sie sich kurz mir zu: »Ihr MRT war unauffällig. Hatten Sie irgendwie psychischen Stress in letzter Zeit?« »Mit meinem Mann«, sage ich. »Ich ruf ihn an«, sagt die Ärztin, und ich frage mich, ob sie es ernst meint und was sie ihm sagen will.


## 102.

Samuel holt mich vor dem Krankenhaus ab. Wegen Corona darf er es nicht betreten. Ich transportiere meinen Koffer auf einem Rollstuhl, den ich vor mir herschiebe. Das ist praktisch, weil ich den Rollstuhl als Stütze nehmen kann.

Zu Hause hilft Samuel mir die Treppe hoch und fasst mich viel zu weit oben am Arm an. Er kocht in unserer ehemals gemeinsamen Küche einen Tee. Er hat die letzten Wochen wieder hier gewohnt, mit den Kindern, während ich im Krankenhaus war. Ich nehme seine Hand. Ich lege meinen Kopf auf seinen Bauch. »Ja, leg den Kopf auf meinen dicken Bauch«, sagt er. Ich mag seinen Geruch. Und da steht er auf und sagt: »Wir werden diese Trennung gut hinkriegen, nicht wie meine vorherigen Trennungen, sondern in Freundschaft.«


## 103.

Angela ist so weit weg. Amerika. Wir telefonieren. Ich liege da, eingerollt mit geschlossenen Augen und sage ihr meine Worte. Sie sagt mir ihre Worte, und ich habe Angst, ich könnte ihr zu viel sein. Aber sie legt gar nicht auf wie

Samuel, sondern sie will mit mir reden. Sie sagt, es sei auch für sie schön. Das bin ich nicht gewohnt. Ich bin es gewohnt, dass man immer wegrennt von mir. Dass ich zu viel bin. Angela bin ich nicht zu viel.


## 104.

Auf dem Herd steht eine Suppe mit rechteckigen Fleischstückchen drin, die Lea mir gebracht hat. Ich mache sie heiß und streue Salz hinein. Ich löffle die Suppe und esse das Fleisch. Ich werde mich um meinen Körper kümmern müssen, der jetzt voller Cortison ist. Ich werde wieder auf die Beine kommen. Morgen um acht wird Lea kommen und mir beim Baden helfen. Ich bin entschlossen, die vertrockneten Pflanzen zu gießen. Ich taumele in den Flur und fülle die grüne Plastikgießkanne mit Wasser im Waschbecken in der Küche. Ich trage die Kanne und gieße die Zimmerlinde, die Samuel mir zur Geburt unserer ersten Tochter geschenkt hat. Ich nehme die Katze auf den Arm, die das sonst gar nicht will. Aber heute bleibt sie einen Moment. Wir haben kein Katzenfutter mehr. Morgen muss ich Katzenfutter organisieren. Selbst einkaufen werde ich nicht können. Ich kann nicht aus der Wohnung gehen. Ich weiß nicht, wann ich es wieder können werde. Meine Tochter fragt mich: »Wann wirst du wieder normal?«

## 105.

Ich liege endlich wieder in meinem eigenen Bett, auf einem Lammfell und mit zwei weißen Decken über mir. Die Balkontür ist geöffnet, und der Wind streicht mir die Haare übers Gesicht. Ich habe verstanden bis zum Schluss, dass ich von Samuel niemals das bekommen werde, wonach ich mich sehne. Dass es mit ihm niemals gehen wird. Ich liege da, allein unter meinen Decken.

## 106.

Angela kommt. Es ist ein weiter Weg für so eine alte Frau, und ich fühle mich ganz schlecht, dass sie so etwas für mich unternimmt, so eine anstrengende Flugreise. Aber jetzt sitzt sie an meinem Bett und stopft mir zwei Samtkissen hinter den Rücken und breitet eine Decke über mich. Sie reicht mir eine Tasse Kräutertee mit einem Löffel darin, damit ich den Honig umrühren kann. Und hier, in diesem Moment, kann ich seit langem einmal weinen.

## 107.

Ich trinke den Kräutertee vorsichtig, will mir nicht die Zunge verbrennen. Sonst verbrenne ich mir immer die Zunge, an allem. Am Essen, am Trinken. Ich verbrenne mir den Rücken mit einer Wärmflasche, die Finger am Ofen. Aber heute passe ich auf. Ich sage, so lieb war noch nie jemand zu mir. Angela sagt, dann wird es aber mal

Zeit, und ich denke, das ist alles, was ich auf dieser Welt will, das ist es, wo ich hinwollte, auf diesem Bett sitzen, und Angela gibt mir eine Tasse Kräutertee. Das ist meine Erlösung und das Ziel, auf das ich die ganze Zeit zugesteuert bin, alles andere habe ich mir eingebildet, mehr bedarf es nicht für mich auf dieser Welt. Angela nimmt Blumen, die ihre Blüten verloren haben, aus einer großen Vase und bringt eine fünfköpfige Lilie und einen Eukalyptuszweig. Sie ordnet die Lilie und den Zweig immer wieder neu, probiert aus, wie es am schönsten ist, und hängt einen glitzernden grünen Fisch daran und eine Bommel, die aussieht wie eine Schneeflocke.

## 108.

Angela sagt: »Ich bin mir sicher, dass du eine erfüllte Partnerschaft finden wirst.« Und: »Da wartet ganz viel für dich da draußen, du wirst viele neue Leute kennenlernen, da wird bestimmt jemand dabei sein, und ich werde es hoffentlich lange mitverfolgen können.« Als sie schon länger wieder in den Vereinigten Staaten ist, fragt sie: »Und, hast du jemanden kennengelernt?« Ich sage dann meistens gar nichts, kann gar nichts sagen, weil es mich so traurig macht. Ich liege mit dem Telefonhörer am Mund und am Ohr gekrümmt auf meinem Bett und schweige. Ich sage mir: Sie will mir nicht im Weg stehen. Sie will das Beste für mich. Und manchmal sage ich mir auch: Sie will mich eben nicht. Nicht richtig.

## 109.

Ich melde mich bei Tinder an. Ich suche Fotos raus, auf denen ich strahlend und fröhlich aussehe. Einmal stehe ich am Strand von Sylt unter einer Dusche. Man sieht meinen schön geformten Körper in einem roten Bikini, Wassertropfen der Dusche sprühen mir ins Gesicht, ich lache. Ich habe geschrieben, dass ich es schön finde, wenn sich beide Herzen öffnen und alles nur noch fließt. Aber das passt nicht zu Tinder. Da ist man gleich als Psycho abgestempelt. Keine, die halbwegs hübsch aussieht, schreibt mir zurück. Die meisten wische ich ohnehin nach links. So geht das bei Tinder: links weg, rechts ja. Ich habe alle, die ihre Hunde auf die Schnauze küssen oder ihre gepiercte Zunge rausstrecken, nach links gewischt, und die, die sich mit ihren Autos abbilden lassen. Im Übrigen sieht es bei Tinder so aus, als lebten wir alle am Strand und wäre es die ganze Zeit nur Sonnenuntergang. Oder als müsste man andauernd an Steilwänden herumklettern.

## 110.

Samuel kommt mit dem Auto. Wir wollen unser Kind abholen von der Schule, um mit ihr in den Schlosspark zu fahren. Marie sagt, was soll sie mit uns Blumen und Bäume anschauen. Das sei ihr zu langweilig. Samuel wird sauer und sagt, er habe extra das Auto aus der Tiefgarage geholt. Sie solle nach Hause laufen. Sie steigt aber in das Auto ein. Samuel fährt los und sagt an der Ampel, sie solle wieder aussteigen und sich trollen.

Samuel und ich gehen allein durch den Schlosspark. Wie bei Ludwig XIV. Springbrunnen und eine Aphrodite, die den Kopf eines Wildschweins in der Hand hält. »Was kann das wohl bedeuten?«, fragt Samuel, und ich sage: »Das Schweinische, das ist der Mann.« Aber dabei ist es gar nicht so, dass ich das Schweinische schlecht finde, sage ich, und: »Ich mag das Schweinische an dir.« Und Samuel sagt, man müsste mich direkt hier in die Büsche ziehen, ich sähe aus wie eine Studentin. Er schaut dabei auf meine Turnschuhe.

Wir sitzen auf einer Parkbank und blicken auf einen künstlich angelegten See. Gebändigte Natur. Ein Schwan jagt eine Ente. »Der hat den Schwan geärgert, der Enterich«, sagt Samuel. Der Schwan jagt inzwischen die Ente in der Luft, und wir erfahren nicht, wie es ausgeht. Wir sitzen auf der Bank, und Samuel erzählt von dem Kampf mit dem Landschafts- und Forstamt der Stadt, weil auf dem Klinikgelände ein Baum gefällt wurde, von dem Samuel sagt, er sei völlig gesund gewesen. Jetzt führt er einen Krieg mit Baumgutachten und allem Drum und Dran. Ich bin froh, dass Samuel und ich keinen Krieg haben. Samuel nimmt meine Hand. Unsere Köpfe lehnen aneinander. Wir schauen auf den künstlichen See und sagen lange nichts mehr. Dann sage ich: »Ich habe mein Herz der Angela geöffnet – ich habe mein Herz jetzt *sehr* der Angela geöffnet«, das sage ich. Mein Mann sagt nichts. Ich drehe meinen Kopf zu ihm, so weit es mit dem Schwindel geht. Ich sehe, dass er Tränen hat, in seinem linken Auge, aber ganz sicher bin ich mir nicht. Er steht auf und fängt an, Bärlauch zu sammeln. Ganze Büschel voll Bärlauch, die soll ich mir in die Hose stecken. Ich sage, dann stinke ich doch nach Knoblauch. Das will ich nicht. Samuel sagt, ich soll mich nicht so anstellen. Aber ich bleibe dabei und halte den Bärlauch in der Hand. Wir gehen weiter. Ich will Samuel noch mehr erklären. Aber er will gar nicht reden und gar nichts wissen. Er fotografiert mich in einer Wiese voller Osterglocken.

### 111.
Ich fliege wieder nach Amerika, denn Angela hat Geburtstag. Als ich ihr Haus betrete, fällt mir ein Satz von Terézia Mora ein, der heißt: »Aber wir, du und ich, haben ein Zuhause, und wir können auch jederzeit darin wohnen.«

### 112.
Leider kann ich nicht so lange wach bleiben, wie ich gerne will, als Angela mein Gesicht streichelt und ich meinen Kopf an ihren Busen lege, denn ich habe so viel von dem koreanischen Bier getrunken, das sie in einem Holztrog mit einer Schöpfkelle bei dem Geburtstagsessen servierten. Ich saß neben Angela, und wenn sie mich berührte, musste ich die Augen schließen, weil es ein Zuviel an Empfindungen war, und das war mir peinlich vor den ganzen Geburtstagsgästen, vor allem vor Angelas langjähriger Freundin, die rechts von ihr saß und mich argwöhnisch beäugte. Sie trug fast die gleichen schwarzen Nike-Turn-

schuhe wie ich, meine waren etwas schicker, aber es irritierte mich, dass wir beide diese fast identischen Turnschuhe trugen.

## 113.

Zu Hause stellen Angela und ich uns an den Türrahmen in der Küche und halten ein Holzbrett auf unseren Kopf, um mit einem roten Stift Striche an den Türrahmen zu malen, wo unsere Köpfe enden. An dem Türrahmen sind schon lauter Striche, von Angelas Enkeln und ihrem Sohn und auch von Angelas Freundin, und jetzt will ich auch einen Strich. Angela selbst will wissen, ob sie vielleicht geschrumpft ist in den letzten Jahren, und als sie sich kerzengerade an den Türrahmen drückt und geradeaus schaut und ich den Strich machen soll, stehe ich direkt vor ihr und küsse sie, ungeplant und ungewollt, auf den Mund. Ich treffe nicht ganz, weil ich ja größer bin, aber Angela küsst mich zurück, und sie trifft, verfehlt mich nicht.

## 114.

Angela spielt mit meinen Haaren und fragt mich, ob ich das spüre. Ich versuche, sie ins Gesicht zu küssen. Angela sagt: »Wir wissen gar nicht, wie wir uns liebhaben sollen.« Ich sage: »Wie gut, dass heute bei deiner Mammographie nichts Schlimmes rausgekommen ist«, und das ist ein Vorwand, um irgendwann ganz vorsichtig ihre Brüste anzufassen. Über dem Nachthemd. Angela fasst auch meine Brüste an und sagt, sie traue sich das nicht. Sie habe noch nie die Brust einer Frau angefasst. Wir machen fast nichts, und doch denke ich, schau, hier bist du also angekommen, da, wo du dein Leben lang hinwolltest.

**Und jetzt lässt du es dir mal richtig gutgehen**

Noch heute sagt Sarah sich zum Einschlafen die Nummer des zahnärztlichen Notdienstes vor. Sarah weiß die Nummer des zahnärztlichen Notdienstes seit fünfzehn Jahren auswendig, weil neben der Praxis von Frau Selberg ein Zahnarzt war, der an seiner Tür die Nummer des zahnärztlichen Notdienstes stehen hatte. Wenn Sarah auf dem Stuhl vor der Praxis saß und wartete und hoffte, dass Frau Selberg endlich käme, und versuchte, am Schlüsselklirren und an der Art der Schritte herauszuhören, ob sie es sei, schaute sie die ganze Zeit auf das Schild mit der Nummer des zahnärztlichen Notdienstes.

Sarah hatte Frau Selberg schon gesehen, bevor sie ihre Patientin wurde. Sie arbeitete während ihres Jurastudiums in einer Anwaltskanzlei, die in demselben Gebäude wie die Praxis von Frau Selberg und die Zahnarztpraxis war. Frau Selberg hatte lange wallende rote Haare und trug seidene Kleider und Schals, die ihren Körper umwehten. Außerdem setzte sie auch im Treppenhaus ihre blaugetönte Sonnenbrille nicht ab, was ihre Erscheinung noch geheimnisvoller machte.

Sarah fand Frau Selberg schön. Sie hatte, um genau zu sein, noch nie eine so schöne Frau gesehen. Sarah fand Frau Selbergs Schönheit bedrohlich. Sie sagte sich, dass sie zu so einer schönen Therapeutin niemals gehen würde.

Sarah schien alles, was diese Schönheit nach sich ziehen würde, innerlich vorwegzunehmen. Sarah kannte bereits die ganze Geschichte von Frau Selberg und ihr, bevor sie auch nur ein einziges Wort mit ihr gesprochen hatte.

Doch jeder, den Sarah fragte, sagte: »Geh zu Frau Selberg!« Schließlich sagte sogar Sarahs Nachbarin, die selbst Analytikerin war und Apollonia hieß: »Du kannst zu Frau Selberg gehen.« Apollonia war mit Frau Selberg schon in der Wüste meditieren und im Jemen beinah gemeinsam mit ihr umgebracht worden.

Als Sarah das erste Mal bei Frau Selberg klingelte, sagte Frau Selberg durch die Sprechanlage: »Sie sind sechs Tage zu früh. Wir sehen uns in sechs Tagen.« Sarah widersprach ihr nicht, obwohl sie Frau Selbergs Verpeiltheit, was Termine betraf, sofort erfasste. Sarah empfand den Zeitraum von sechs Tagen als biblisch und wollte nicht daran rütteln. Sie würde sechs Tage warten.

Nach sechs Tagen klingelte Sarah erneut an der Praxistür, aber Frau Selberg machte nicht auf. Sarah schaute auf die Fotos, die in dem Gang neben der Praxis hingen. Es waren asiatische Mädchen darauf, die um ihren Hals so viele übereinandergelegte Ringe trugen, dass sie ihren Kopf nur noch stolz nach oben recken und bestimmt nicht mehr groß bewegen konnten. Auf der Praxistür klebte ein Schild, dass man seine Schuhe ausziehen solle, und ein Pfeil deutete nach rechts unten, wo neben der Tür auf dem Boden ein Filzkorb stand, in dem mehrere Hausschuhe aus Frottee lagen. Sarah zog ihre Doc Martens aus und ein Paar der Frotteehausschuhe an. Dann kam Frau

Selberg vom oberen Treppenhaus runter. Sie trug bereits dieselbe Art Hausschuhe aus beigem Frottee. Sie gab Sarah auf eine betont sachliche Art die Hand und sagte auf ebenso bemüht sachliche Weise: »Guten Tag!« Guten Tag hatte schon lange niemand mehr zu Sarah gesagt.

Im Flur der Praxis sah man gleich vorne vor einem Spiegel einen großen Strauß Lilien. Sarah befand sich vor dem Spiegel, sah sich selbst hinter den weit geöffneten Blüten, und plötzlich blickte auch Frau Selberg hinein, und für einen Moment sah es aus, als öffnete sich etwas in der Brust von Frau Selberg und als flösse etwas Goldenes aus Frau Selbergs Brust heraus und zu Sarah hin.

In dem großen hellen Praxisraum, in den Frau Selberg Sarah führte, waren Kübel mit Blumen aufgereiht. Sie standen an der Wand. Sarah fragte: »Wie kümmern Sie sich um die alle?« »Sind nicht echt«, sagte Frau Selberg. »Aus Plastik.«

Sarah kam nicht von der Stelle in den ersten Stunden, auch wenn sie das Gefühl hatte, innerlich zu rennen. Es war, als wolle sie sich selbst überholen, weil sie sich selbst dabei im Weg stand, sich endlich einmal jemandem zu öffnen – dies war ihr Entschluss. Doch heraus raus kam nur ein Maschinengewehrgeratter, das keiner verstehen konnte. Frau Selberg sagte: »Es ist sehr schwer, Sie zu verstehen.«

Dass Sarah verstand, was während ihrer Kindheit passiert war, dass sie dies alles verstand, lag an einem einzigen Wort, das Frau Selberg ihr sagte: Dissoziation. »Sie sind dissoziiert.«

Dieses Wort war endlich der Begriff für all das, was Sarah schon immer wahrgenommen hatte, es aber nicht als »wahr« nehmen konnte, weil sie für das Phänomen keinen Begriff hatte, ja überhaupt keine Begriffe für innerliche, objektiv nicht messbare Dinge hatte. Sie hatte nicht einmal geahnt, dass es für diese Dinge, die keine Dinge sind, Worte geben könnte. Worte wären ihre Befreiung gewesen aus dem Gefängnis, in das sie sich eingeschlossen fühlte, aus dem Ort, von dem sie spürte, dass sie in ihm nicht leben, nicht lebendig sein konnte.

Nachdem Sarah Frau Selberg viele Jahre lang dreimal in der Woche in rasendem Tempo von ihrer Kindheit und ihren verwirrenden Liebesgeschichten erzählt hatte, fragte Frau Selberg auf einmal, unvermittelt und etwas verzweifelt, was *sie* denn für Sarah sei.

Von da an fing Sarah an, Frau Selberg Liebesbriefe zu schreiben. Sie sahen sich montags, dienstags und donnerstags, und jeden Freitagabend warf Sarah einen Liebesbrief in den Praxisbriefkasten, den Frau Selberg am Montag fand. So fing ihre Woche dann an. Sarah wunderte sich, dass ihr jede Woche wieder etwas Neues einfiel. Sie schrieb von dem Tiefroten, Erdigen, das ihren Leib durchströme, wenn sie an Frau Selberg dachte. Sarah fühlte sich in der Zeit, als habe sie eine Ausstrahlung wie eine Schamanin, und als einmal der Dalai Lama in der Stadthalle zu Besuch war, drehte er sich nach Sarah um, kaum dass er an ihr vorbeigelaufen war. Sarah war allem und jedem in Liebe verbunden, sogar der Frau vom Ordnungsamt warf sie einen Luftkuss zu, aber diese war sichtlich irritiert.

Sarah konnte sich vorstellen, dass dieses Gefühl der Verbindung des Herzens mit jeder einzelnen Zelle des Körpers etwas mit dem zu tun hatte, was Esoteriker mit dem »Erwachen des Schoßraums« meinen und was die Bibel meint, wenn sie von der Kraft spricht, die einen einherschreiten lässt auf Jesu Höhen. Frau Selberg musste auch irgendwas davon gespürt haben. Sie sagte Sachen wie: »Es passiert nie. Und wenn es passiert, ist es wie ein Wunder.« Sarah dachte, Frau Selberg konnte natürlich auch das Wetter gemeint haben, die Formation der Wolken, denn Frau Selberg schaute aus dem Fenster, als sie das sagte, Richtung Dreisam, in der sich die Wolken spiegelten.

Sarah schrieb Texte, die erahnen ließen, dass sie sich mit ihrer Wahrnehmung in einem Raum befand, den die meisten Menschen zu ihren Lebzeiten nie betreten. Zum Beispiel schrieb sie:

*»Gestern, auf einer Geburtstagsparty, erzählte mir einer, dass er mit sogenannten Algorithmen voraussagen könne, wie oft bestimmte Versicherungsfälle eintreten. Ein anderer erzählte, dass er seiner Frau zum Geburtstag ein Feuerwerk geschenkt habe. Ein Dritter war der jüngste Richter Deutschlands. Ich sagte nichts, aber ich dachte mir Folgendes: Ich kann mit meiner Geliebten über die Dächer hinweg schlafen. Ich kann ihr, während ich in München bin und sie in Freiburg, sagen, dass sie schön ist, alles ohne Telefon und ohne Internet und ohne Handy. Ich kann sie ausziehen, während sie einen Vortrag hält und vorne steht, und niemand sieht es. Ich kann ihr die Füße küssen, während sie Auto fährt. Ich kann ihr, während sie in einer Sitzung*

*Protokoll schreibt, einen Ganzkörperdauerorgasmus bescheren.*
*Ich kann sie wachküssen, ohne sie zu berühren. Ich kann sie wei-*
*nen hören, auch wenn es still ist. Denn ihr Leib sank in meinen*
*Grund.«*

Frau Selberg sagte: »Es besteht eine telepathische Verbindung zwischen uns.«

Sarah hörte einen Vortrag eines Nobelpreisträgers über
Quantenverschränkung und befand, dass sie diesen Vortrag als Untermauerung ihrer Empfindungen nehmen
könne. Der Quantenphysiker sagte, dass es sogenannte
Zwillingsteilchen gebe, Teilchen, die auf eine magische
Weise so miteinander verbunden seien, dass sie unabhän-
gig von Raum und Zeit immer auf genau gleiche Weise
ihre Eigenschaften änderten, auch wenn sie Tausende von
Kilometern voneinander entfernt seien.

Frau Selberg schenkte Sarah eine Pflanze, eine Forellenbegonie, da kannte sie sich aus. Frau Selberg hatte sie in
einen Topf gepflanzt und vor Sarahs Augen ganz behut-
sam eingepackt, und in dem Moment wäre Sarah gerne
die Forellenbegonie gewesen. Der Forellenbegonie ent-
sprossen rosafarbene Blüten, die dann den Sisalteppich
von Sarahs Schlafzimmer bedeckten und sich dort fest-
setzten, so dass ein Staubsauger sie nicht aufnehmen
konnte und Sarah die Blüten einzeln mit den Fingern
aufklauben musste, wenn sie verdorrt waren.

Einmal stürzte Sarah sich einfach auf Frau Selberg, und
Frau Selberg erwiderte die Umarmung, verkrampfte aber
wie ein Stück Holz; es war, als umklammerten Sarah zwei
Äste. Aber was die Körper von selbst innerlich machen,

dafür konnte ja keiner etwas, dafür konnte keiner ins Gefängnis kommen. Frau Selberg und Sarah saßen einfach nur da, sich gegenüber, in dem Behandlungszimmer, und hatten fast einen Höhepunkt, obwohl das ja auch wieder verrückt war, denn wie sollte Sarah wissen, wie es Frau Selberg ging, sie wusste nur, wie es ihr selbst ging, auch wenn es sich so anfühlte, als könnte sie es wissen, es fühlte sich an wie so etwas Natürliches, wie atmen, da wusste man auch, dass Luft im Raum ist.

Am Ende einer Stunde, Sarah war gerade dabei, das Zimmer zu verlassen, stand bereits in der Tür, da sagte Frau Selberg, unvermittelt: »Andere würden sagen, ich schmeiße alles hin, wir leben zusammen. Aber ich will nichts zerstören.« Bei »zerstören« dachte Frau Selberg wahrscheinlich an ihren Mann, an ihre Eigentumswohnung, an ihre Freunde, an ihr ganzes Leben. Sarah freute sich über das, was Frau Selberg gesagt hatte, es machte sie ganz glücklich, etwas Schöneres hatte noch nie jemand zu ihr gesagt.

Sie kaufte Frau Selberg ein hellblaues Retro-Tandem, band eine rote Schleife darum, hängte einen Brief daran und stellte das Tandem vor Frau Selbergs Haustür. Frau Selberg erzählte Sarah später, dass sie in dem Moment, in dem sie das Tandem sah, erstens sofort wusste, dass es von Sarah war, und zweitens, dass sie Sarah in die Psychiatrie bringen musste. Frau Selberg sagte später, dass sie Angst um Sarah hatte, dass sie eine Entwicklung erkannte, deren Fortlauf nur noch durch das Ziehen einer Notbremse aufzuhalten war.

Sie wandte einen Trick an, der an Hinterhältigkeit nicht zu übertreffen war, und lotste Sarah in die Psychiatrie. Sie sagte zu Sarah, dass sie bei ihr bleiben dürfe, ganz. Sarah dürfe bei Frau Selberg übernachten, wohnen, da es ihr offensichtlich nicht gut ginge. Frau Selberg zog ihre Beine hoch auf den Sessel, auf dem sie saß, kreuzte sie zu einem Schneidersitz und formte mit ihren Händen ein Dach: »Sie können bei mir bleiben.« Vor dem Schlafengehen wolle sie bei Sarah noch einen ayurvedischen Stirnölguss machen, damit sie besser schliefe. Sarah sollte sich auf die mit Frottee bezogene Liege in dem Behandlungszimmer legen, auf den Rücken. Frau Selberg strich Sarah mit ihren Händen die Haare aus dem Gesicht. Sie strich die Haare über die Stirn nach hinten, viel zu oft und viel zu lange, als dass es nur um die Haare gegangen wäre. Sie ordnete die Haare, glättete sie, strich mit den Fingern durch sie hindurch, und Sarah wusste tatsächlich nicht mehr, wo oben und unten war, und vor allem wusste sie nicht mehr, was die Zeit war, so konnte man es am besten beschreiben, was Sarah abhandenkam. Denn mit Zeit ist nicht die Uhrzeit gemeint, sondern das Gefühl, dass etwas in der Zeit geschieht, nach einer chronologischen Reihenfolge, mit einem Vorher und einem Nachher, einer Achse, auf der es vorwärtsgeht. Für Sarah war es, als hätte sie auf dieser Achse plötzlich angehalten. Als gäbe es gar keine Zeit mehr.

Frau Selberg goss durch einen Trichter aus Messing warmes Öl auf Sarahs Stirn. Es floss Sarah von der Stirn auf die Haare, die Frau Selberg zurückgestrichen hatte und auch unter dem Öl weiter zurückstrich. »Wie ein noch mit Fruchtwasser verschmierter Welpe sehen Sie aus«, sagte Frau Selberg zu Sarah. Dann schlang Frau Selberg ein ockerfarbenes Handtuch um Sarahs ölige Haare, wrang die Haare damit aus und sagte: »Wir fahren aber erst noch in die Psychiatrie, um Medikamente zu holen. Wir holen nur die Medikamente. Zur Unterstützung erst mal.« Sarah spürte, dass es tatsächlich gut gewesen wäre, irgendwas zu nehmen gegen ihr abhandengekommenes Zeitgefühl, überhaupt gegen das Gefühl, plötzlich einerseits ganz genau zu sehen, worin sie sich befand, nämlich in einer Gleichzeitigkeit von allem, und voller Angst, dass sie mit diesem Wissen in dieser Welt nicht zurechtkommen würde. Sarah willigte ein, sie hätte ohnehin alles gemacht, was Frau Selberg von ihr verlangt hätte, denn Frau Selberg war der erste und einzige Mensch, dem sie vertraute. »Ich stehe voll hinter ihnen«, sagte Frau Selberg, und dann stieß sie ihr das Messer von hinten in den Rücken.

Sarah sagte, sie wolle zuerst noch ihre Haare waschen. Sie könne doch nicht mit öligen Haaren in der Psychiatrie ankommen, da würden sie sie ja gleich dabehalten. »Doch«, sagte Frau Selberg. »Wir gehen gleich.« Mit »gleich« meinte sie »sofort«, es schien ihr plötzlich sehr eilig zu sein. Aber Sarah ging einfach in das Bad, das sie an der richtigen Stelle vermutete, und wusch sich mit über die Badewanne gebeugtem Kopf die Haare. Sie benutzte ein Shampoo, das Frau Selberg neben der Badewanne stehen hatte, und den Namen dieses Shampoos weiß Sarah heute noch genauso sicher auswendig wie die Nummer des zahnärztlichen Notdienstes: »Glem Vitalshampoo«. Frau Selberg wollte sofort los. Aber Sarah wollte noch ihre Haare föhnen. Sie insistierte, bis Frau Selberg ihr einen Föhn gab. Der Föhn war schwarz und groß, Sarah konnte ihn kaum in der Hand halten. Auch das weiß Sarah noch, das Gefühl, den Föhn nicht halten zu können. Dann bestellte Frau Selberg ein Taxi. Im Taxi kam es Sarah so vor, als müsse sie Frau Selberg beschützen. Als sei sie es, die sich um Frau Selberg kümmern müsse. Sarah meinte zu spüren, dass auch der Taxifahrer mitbekam, welche Kräfte zwischen ihr und Frau Selberg wirkten. Gleich zu Beginn der Fahrt schaltete er das Radio aus, als wäre es ein Zuviel zusätzlich zu dem Sturm, der wortlos zwischen Sarah und Frau Selberg toste. Sarah spürte schon, was Frau Selberg im Schilde führte, als sie nebeneinander an einem langen Backsteinbau entlanggingen und den Eingang zur Psychiatrie suchten.

Als Sarah und Frau Selberg schließlich in einem kleinen Arztzimmerchen standen, sagte Frau Selberg: »Setz dich!« Frau Selberg erschrak über das »Du«, das ihr herausgerutscht war und das nun wie ein Ausrufezeichen im Raum stand und die Nähe zwischen ihr und Sarah reflektierte. Frau Selberg blieb stehen, Sarah setzte sich auf den Stuhl vor dem Schreibtisch, und ein Arzt kam herein, der sich auf den Stuhl hinter dem Schreibtisch setzte. Sarah las die Titel der Bücher, die in einem Regal aus Metall standen: »Rätsel Schizophrenie. Leitfaden zur Behandlung mit Neuroleptika.« Der Arzt nahm einen orangenen

Pappordner aus der Schublade. Er tippte Sarahs Daten in seinen Computer, druckte einen Aufkleber aus und klebte ihn auf den orangenen Pappordner. Dann stellte er Fragen, die er von einer Liste abzulesen schien: »Haben Sie Stimmen gehört? Hatten Sie das Gefühl, dass andere über Sie reden?«

Frau Selberg sagte: »Sie muss hierbleiben.« Der Arzt fragte Sarah: »Wären Sie bereit, freiwillig hierzubleiben?« Sarah schaute auf die Packung Kleenextücher, die auf dem Schreibtisch stand und auf die eine Werbung für ein Medikament gedruckt war. Zwei Männer, einer im weißen Kittel, standen in einer Alpenlandschaft. Vor ihnen lag ein Weg, der sich immer weiter in Richtung der schneebedeckten Bergspitzen schlängelte. Über den blauen Himmel stand in Gelb gedruckt: »Zyprexa. Damit das Leben weitergeht«.

Der Arzt schrieb eine vorläufige Diagnose nach ICD-10 und darunter: »Kooperative Patientin!«

Sarah sah die Insassen der geschlossenen Abteilung beim Abendessen sitzen. Keiner redete. Alle sahen aus wie tot. Und alle kamen ihr furchtbar fett vor. Sarah dachte: »So werde ich auch bald dasitzen.« Sarah bekam ein kleines Zimmer mit einem Krankenhausbett. Über dem Bett war ein Bildschirm angebracht. Der Bildschirm schwebte unter der Zimmerdecke an einem Eisengestell, das an der Wand befestigt war. Auf dem Bildschirm war Sarah zu sehen, wie sie sich in dem Zimmer bewegte. Sie legte sich auf den Rücken auf das Bett und sah sich in Schwarzweiß auf dem Rücken in dem Bett liegen. Sie hatte das Gefühl, keine Luft mehr zu bekommen. Zu atmen – und dennoch zu ersticken.

Am Morgen lag Sarah in dem Bett auf der Decke und fror. Sie hatte es nicht geschafft, die Bettdecke über sich zu ziehen. Sie hatte nur das grüne Krankenhausnachthemd über ihre Kleider gezogen. Es kamen mehrere Leute in das Zimmer, nach einem kurzen Klopfen, ohne ihre Antwort abzuwarten. Klopfen, dann sofort reinkommen, mit Schwung. Viele Menschen. Ärzte, wahrscheinlich auch Studenten. Sarah war in einem Universitätskrankenhaus. Sie fragten Sarah Sachen, aber sie hatte keine Sprache mehr. Sie konnte nichts sagen. Ihr Gehirn war angehalten. Sie knipsten das Neonlicht an und fragten, welcher Tag heute sei. Sarah kapierte schon, dass es die starken Medikamente waren, die ihr Denken und Sprechen anhielten, aber konnte es nicht sagen. Der Arzt sagte etwas von kognitiven Störungen: »Sehen Sie, Sprachstörungen, und dann dieses grüne OP-Hemd über den Kleidern.«

Dann musste Sarah duschen. Eine Pflegerin ging mit ihr in einen gekachelten Raum, am Boden ein Abfluss, an der Decke ein silberner Duschkopf, ein Griff an der Wand, um sich festzuhalten, ein Plastikhocker. Sarah sollte sich ausziehen. Die Pflegerin blieb im Raum.

Nachts schloss Sarah sich aus Angst vor ihren Mitpatienten in der Dusche ein und schlief oder wachte auf dem Boden. Morgens duschte sie mit Bactolin aus dem Spender in der Dusche, wusch sich die Haare, frühstückte ein Brötchen mit Nusspli und stellte sich in die Reihe der Medikamentenausgabe. Im Stationsflur war in der

Mitte eine Art Führerzentrale hinter einem Glaskasten. In diesem Glaskasten fuhr ein Pfleger auf einem rollenden Schreibtischstuhl hin und her, wobei er sich mit den Füßen vom Boden abstieß. Auf einer Art Anrichte in dem Glaskasten war eine Reihe von Plastikbecherchen aufgebaut, vielleicht dreißig hintereinander in unterschiedlichsten Farben, auf denen weiße Aufkleber klebten mit Namen und Nummern. Der Pfleger schaute, wer an der Reihe war, fuhr dann mit seinem Schreibtischstuhl die Reihe der Plastikbecherchen ab und suchte das entsprechende heraus. Dann nahm er das Plastikbecherchen, fuhr mit dem Schreibtischstuhl zu dem Wartenden heran, gab ihm das Becherchen. Der Patient musste den Inhalt schlucken und dann den Mund aufsperren, damit der Pfleger im Mund nachsehen konnte, ob der Patient den Inhalt des Becherchens auch wirklich geschluckt hatte. Der Pfleger stand hierfür nicht von seinem Schreibtischstuhl auf, sondern der Patient musste sich mit offenem Mund zu dem Pfleger auf dem Schreibtischstuhl herunterbeugen. Der Pfleger leuchtete mit einer kleinen roten Taschenlampe den Mund aus, sagte bei alledem kein Wort und schaute dann zum nächsten Patienten, was bedeutete, dass man fertig war und aus der Reihe treten konnte.

Tagsüber kickte Sarah eine Kastanie vom einen Ende des Hofes zum anderen und wieder zurück. Der Innenhof der Psychiatrie war von einer hohen Backsteinmauer umgeben, und die Kastanie musste über die Mauer gefallen sein, auch wenn gar kein Kastanienbaum auf der anderen Seite der Mauer zu sehen war. Darüber machte Sarah sich Gedanken, weil auch im Innern des Hofes kein Kastanienbaum stand. Sie kickte die Kastanie an der Mauer entlang, was gar nicht so leicht war, da die Kastanie klein und verschrumpelt war, nicht ganz rund, das heißt, sie sprang weg, nach links und nach rechts, und manchmal musste Sarah sie erst wieder suchen. So verbrachte Sarah Wochen.

Weil sie sich so vorbildlich verhielt, wurde sie schon bald auf die Station der Depressiven verlegt. Dort war es viel angenehmer. Vor den Depressiven hatte Sarah keine Angst. Sie konnte nachts in ihrem Bett schlafen, und beim Essen spuckte ihr niemand auf den Teller.

Die Behandlung funktionierte. Sarah war ruhig und fett geworden. »Und jetzt lässt du es dir mal richtig gutgehen«, sagte ihre Mutter und organisierte einen Aufenthalt für sie auf der Bühlerhöhe, einem superteuren Sanatorium im Schwarzwald, wo Reiche zum Sterben hingehen. Jahrzehnte später sah Sarah sich den Werbefilm des Sanatoriums an. Er beginnt mit buntgefärbten Bäumen und Tannen, mit Grün und mit Hügeln, als kreise ein Hubschrauber über einen Wald, dazu leise Klaviermusik. Ein Sprecher sagt mit etwas schnoddriger Stimme, es sei, als würde man in ein Hotel einchecken, wenn man in die Max-Grundig-Klinik komme. Man würde befragt, welche Art Kissen man wünsche, und diese Dinge seien ja wirklich wichtig, um gesund zu werden. Es seien hundertvierzig Mitarbeiter für sechzig Patienten da, und sie hätten auch wirklich tolle Röntgengeräte.

Sarahs Zimmer hatte Türen und Fenster und dicke Teppiche, die jeglichen Lärm schluckten. Ohnehin war es totenstill auf der Bühlerhöhe. Diskret wurden die Leichen nachts hängenderweise auf einer Art Kleiderstange im Fahrstuhl nach unten verbracht, vor dem Frühstück derer, die noch selbst zum Frühstück in den Essenssaal kommen konnten. Dort saß Sarah morgens, mittags und abends allein an einem Tisch und starrte geradeaus. Am Abend servierten ihr Kellner, was ihr unangenehm war, nacheinander kleine Portiönchen von Essenshügelchen, die alle einen hochexquisiten Geschmack haben sollten. Sarah wollte etwas Normales, zum Beispiel Spaghetti Bolognese, bekam aber nur Grüße aus der Küche. Heringstatar auf Schwarzbrot mit vielleicht fünf Zentimetern Durchmesser und einem halben Teelöffel Gurkenmatsche. Das einzige Gespräch, das Sarah in diesem Sanatorium mit einem der Gäste führte, war mit einem Grafen, der Alkoholiker war. Er trank schwarzen Traubensaft aus geschliffenen Weingläsern.

Sarahs Eltern suchten nach einer Ursache für ihr Aus-der-Rolle-Fallen. Sie brachten Röntgenaufnahmen ihres linken Oberarmes, den sie sich einmal beim Skifahren gebrochen hatte. Sie ließen von einem befreundeten Oberarzt MRT-Aufnahmen von Sarahs Gehirn nachts aus dem Universitätskrankenhaus entwenden und fuhren damit zum Max-Planck-Institut für Neuroradiologie nach Leipzig.

Sarah saß in dem Zimmer mit den dicken Teppichen auf der Bühlerhöhe, in das kein Geräusch von außen drang.

Sie griff nach der Fernbedienung und schaltete den Fernseher ein, der auch hier an einem Gestell in der rechten Zimmerecke schwebte. Als Erstes kam ein Lokalsender. Eine dicke Frau in einem rotglänzenden Hosenanzug, in dem sie aussah wie eine Wurst, klagte darüber, wie ihre psychotische Tochter in die Fänge eines Scharlatans geraten war, der sich als Wunderheiler ausgab. Die Tochter habe sich völlig abgeschottet, hätte jeglichen Kontakt zu ihrer Familie abgebrochen, und sie könne nichts dagegen machen.

Sarah fühlte, dass das Leben mit den Medikamenten kein Leben war und nie eines sein würde. Der Tod bei lebendigem Leib, nein, der Leib ist auch tot, nur das Blut läuft noch durch die Adern, ein technischer Vorgang, der noch funktionierte. Diesen Tod wollte sie nicht, so ein Leben wollte sie nicht. Ohne mehr ihre Sinne zu spüren, nur noch das Äußere zu haben.

Der Scharlatan, dem die grauen strähnigen Haare bis über die Schulter fielen und der keine Zähne hatte und deshalb nuschelte und spuckte beim Sprechen, sagte der Lokalreporterin, dass eine Psychose eine Errungenschaft sei, mit der man gut leben könne. Seinen Leuten gehe es gut. Sie schliefen viel, der Rückzug täte ihnen gut und auch das gesunde Essen, und überhaupt, dass sie so sein könnten, wie sie sein wollten.

Da wollte Sarah hin.

Sarah packte ihre Sachen in den Armeerucksack, mit dem sie in das teure Sanatorium gekommen war. Es waren die Sachen, die ihre Mutter für sie eingekauft hatte, wäh-

rend Sarah in der geschlossenen Abteilung war. Ein weißer Pulli mit einem Bären vorne drauf, mehrere Blusen
von Van Laack sowie Schuhe aus einem weichen Leder.
Die Mutter wollte Sarah auch einen tausend Euro teuren
Daunenmantel kaufen, den sie ihr zum Anprobieren mit-
brachte. Er war dunkelblau, nach unten leicht ausgestellt
und hatte goldene Knöpfe. Sarah sagte ihr, dass sie lieber
eine rote Daunenjacke aus dem Sportgeschäft hätte.
Juristisch hatte Sarahs Wille keinerlei Schlagkraft mehr.
Sie durfte nicht mehr selbst über ihren Aufenthaltsort
entscheiden. Es war ein Richter in die Psychiatrie gekommen, der eine Schnapsnase hatte und sie entmündigte.
Sarah durfte auch nicht mehr bestimmen, was ihrem Körper zugeführt wurde. Sie musste im Sanatorium bleiben
und die Medikamente schlucken.
Sarah ließ schließlich den Rucksack im Zimmer, für den
Mann an der Rezeption in der großen runden Eingangs-
halle mit dem glänzenden Marmorboden musste es so aussehen, als wolle sie nur für einen kurzen Spaziergang raus.
Der Bus kam genau in dem Moment, als Sarah auf dem
Busfahrplan las, dass der Bus nach Baden-Baden dort nur
zweimal am Tag hielt. Der Fahrer musste Sarah gesehen
haben an dieser verlassenen Haltestelle mitten im Wald
nahe dem Sanatorium, in das die meisten mit dem Taxi
anreisten und vor allem wesentlich älter waren als Sarah
mit Anfang zwanzig. In dem Bus saß niemand.
Von Baden-Baden Hauptbahnhof ging Sarah mit Hilfe
von Google Maps zu Fuß an einer Landstraße entlang.
Einmal hielt ein silberner Mercedes neben ihr an. Der

Fahrer sah aus wie Doktor Schiwago und wollte Sarah mitnehmen. Aber Sarahs Gespür für Gefahren, das Lebewesen in ihr, war so wach, dass sie nicht einstieg.

Sarah erkannte das Haus an dem Kirchturm, neben dem es stand. Zwischen der Kirche und dem Haus wuchs eine Linde, die den Kirchturm überragte. Neben dem Haus parkte ein weißer Passat mit Rostflecken, auf dessen Windschutzscheibe Lindenblüten klebten. Das Haus war weiß und uneben verputzt, hatte kleine Fenster und nur einen Stock. Sarah klingelte an dem Bronzeherz an der Tür, an dem kleine Glöckchen hingen, und aus einem der oberen Fenster steckte eine ältere Frau den Kopf heraus. Sie hatte lange graue Haare, die sie offen trug. An ihrem Hals war ein großer Kropf, um den sie ein blaues Seidentuch gebunden hatte. Sie kam herunter, nahm Sarah in die Arme und fragte: »Was wünschst du dir?«

Die Frau führte Sarah in das Haus, sie ging voran. Der Flur war nur schwach beleuchtet. Auf dem Boden konnte Sarah kleine Hügelchen von Zucker erkennen. Außerdem lagen Pizzareste in den Ecken. »Das ist Zucker, den streuen wir für die Mäuse aus«, sagte die Frau. »Und die Pizzareste sind auch für die Mäuse. Wir sind so stolz, dass die wilden Tiere mit uns leben wollen, manchmal kuscheln sie sich richtig an unser Gesicht in der Nacht.« An den Decken und in allen Ecken hingen Spinnweben. Die Frau sagte: »Wir lassen den Spinnen ihre Häuser. Wer das Leben schützt, den schützt das Leben. Wir sind so eng mit dem Lebendigen verbunden, dass wir einen guten Anschluss an das Leben haben.«

Sie gingen eine Treppe hoch und kamen in einen niedrigen Raum mit einem kleinen Fenster, durch das Sonnenstrahlen schräg in das Zimmer fielen, man konnte den Staub sehen, der darin tanzte. In der Ecke stand ein altertümlicher Holzofen. Die Wände in dem Zimmer, das Sarahs werden sollte für anderthalb Jahre, waren mit Lehm verputzt, von den Bewohnern selbst an die Wände geklatscht und wirklich gut fürs Raumklima, das immer atmend war, lebendig und frisch. Hinter zwei Querbalken, die das Zimmer teilten, stand links ein großes Bett, die Matratzen aus Stroh. Nachts krabbelten kleine Käfer aus dem Stroh hervor.

Nachdem Sarah die Nächte wachträumend auf dem Strohbett verbracht hatte, stand sie immer als Erste in dem Haus auf. Die anderen, vier Frauen sowie Hans, der einzige Mann und Anführer, schliefen bis in den Mittag. Sarah ging jeden Morgen im T-Shirt barfuß die Holztreppen runter, an ihren Fußsohlen blieb der Schmutz hängen. In der Küche setzte sie einen alten Wasserkessel auf den Herd und wartete, bis er pfiff, wartete, bis die Scheiben Toast aus dem Toaster kamen, bestrich sie mit Butter und Rübensirup, goss das heiße Wasser in eine Porzellankanne, in der zwei Teebeutel Rooibos-Vanille hingen, und brachte alles auf einem Tablett zu Emma.

Emma schlief aufrecht sitzend mit dem Rücken an ein Kissen gelehnt in einem Holzbett, das gleich rechts an der Wand ihres Zimmers stand. Emmas Zimmer war das schönste, denn es war das hellste. Und es war auch nicht so feucht wie die anderen. Es lag im Erdgeschoss, gegenüber der Küche. Emma öffnete zuerst nur ein Auge, zog die eine Braue hoch, als wäre es ein Spiel, dann schloss sie das Auge wieder. Sarah stellte das Tablett auf ihr Bett. Emma bedankte sich nie bei ihr. Sie hob einen der einem Elefantenohr ähnlichen grauen Ohrlappen der Strickmütze hoch, die sie auch beim Schlafen auf dem Kopf trug. Sie hob den Ohrlappen hoch, beugte sich vor zu Sarah und sagte: »Willst du mal hören?« Sarah legte ihr Ohr an Emmas Ohr und hörte die Wellen der Nordsee, die Wellen auf Norderney, wo Emma einst eine große, wenn auch verheiratete Liebe gefunden hatte. Wenn die Frau von der Stadt kam, um nachzusehen, ob sich um Emma auch richtig gekümmert wurde, sagte Emma: »Ich habe einen Tinnitus.«

Emma war chronisch schizophren. Emma sollte Medikamente bekommen, und sie wollte die Medikamente nehmen. Aber sie gaben ihr nur Placebos, zuckerhaltige Filmtabletten, in einer nach echten Medikamenten aussehenden Schachtel. Die Gemeinschaft war gegen jegliche Medizin. Sie hatten sogar Patientenverfügungen erlassen, dass selbst bei einem Autounfall kein Arzt sie behandeln dürfe. Alle Krankheiten seien psychosomatisch bedingt, und Medikamente brächten das System nur noch mehr durcheinander.

Sarah konnte Emmas Schizophrenie sehen. Sie war ein weißer, dicker Balken direkt vor ihrer Stirn. Wo sich alle abgespaltenen Gefühle verdichteten, in diesem Balken, den sie vor sich hertrug, weil sie es mit der Kraft ihres Geistes tat, die Emotionen sammeln und verbannen.

Emma sagte: »Wir sind hier gefangen. Das ist unser Schicksal.«

Emma war vierundachtzig, und einmal in der Woche brachte Sarah mit Emma deren Kind zur Welt, das sie »Minchen« nannte. Es war eine Fehlgeburt gewesen, der Vater war der verheiratete Liebhaber gewesen. Sarah musste die imaginierten Eimer voll Blut wegschaffen, das Emma in ihrer Vorstellung verlor bei der Geburt. Sarah trug die Eimer vorsichtig, als wolle sie nichts verschütten. Emma wimmerte und wiegte das Kind in den Armen. Schließlich wollte Emma nach Hause fahren. Sie packten ihren Koffer. Emma packte Sarahs Tampons ein, wickelte kleine Löffel in Klopapier, warum auch immer.

Sie ernteten Kürbisse, die so groß waren, dass sie sie einzeln mit einer Schubkarre von dem an einem Hang gelegenen Acker wegtransportieren mussten. Sie stapelten sie im Hausflur und schnitten sich Stücke heraus für die Suppe, die sie mit frischem Estragon kochten. Sie machten sich Karottensalat mit Leinöl, alles wegen der Gesundheit, und Uta machte Sarah jeden Tag einen Salat mit Chicorée und einer fruchtigen Sauce.

Sie hatten sich alle die Zähne gezogen, auch Zahnmedizin war Medizin, also gleich raus damit. Sie waren alle nicht krankenversichert. Die Krankenversicherung gehörte zum System, und das System war scheiße. Das System hatte den Menschen ins Gehirn geschissen, damit sie immer mehr arbeiteten, um immer mehr zu kaufen, dabei immer kränker wurden und unglücklich und dachten, wenn sie noch mehr kauften, würden sie wieder glücklich. Der Anführer Hans und seine Mädchen hingegen waren Millionäre an Zeit. Schlafen und zusammenschlafen war die Devise. Hans hatte seiner kleinen Sekte eine Weltanschauung zusammengezimmert aus Esoterik, Zurück-zur-Natur-Bewegung, Osho und Kapitalismuskritik. Er sei sogar eine Zeitlang in der Terrorismusszene in Frankfurt unterwegs gewesen, erzählte er. Er sagte, er habe keine Moral und lehne Gesetze ab. Sarahs Frage, die sie vor dem Hintergrund ihrer staatsrechtlichen Ausbildung stellte: »Ja willst du denn, dass wir wieder mit Knüppeln durch den Wald rennen und uns gegenseitig die Köpfe einschlagen?« »Ja, genau«, sagte Hans. »Genau das will ich.«

Gesetze galten ihm nichts, und so hatte er auch bald schon kriminelle Ideen. Er wollte bei einer Ärztin ein Medikament stehlen, das er für seine Fiebertherapie brauchte. Er injizierte den Verrückten ein Bakterium, damit sie hoch fieberten. Durch das Fieber sollte die Psychose so richtig schön blühen, damit er mit den Halluzinationen arbeiten könne. Sarah sollte als Lockvogel dienen, sich wegen ihres Durchfalls bei der Ärztin beraten lassen, Hans kam als ihr Begleiter mit. Die Ärztin war schön und zurückhaltend, in dem Sinne, dass sie etwas zurückhielt in sich, das war zu spüren, dass in ihr eine Leidenschaft eingeschlossen war, und das Weggeschlossene hatte die größte Strahlkraft für Leute wie Sarah. Zudem erotisierte sie die Rollenverteilung, die von vornherein Grenzen setzte, und Grenzen zu überschreiten hatte Sarah schon immer gereizt. Die schöne Ärztin war auch nicht unsensibel, sie merkte sofort, was für Fantasien Sarah in Bezug auf sie hatte, sie wurde rot und bekam diesen Gesichtsausdruck, der einerseits Freude ausdrückt und sie andererseits verbergen will. Das Einzige, was Sarah bei dieser Flirterei störte, war, dass ihr Gesprächsthema ihr Durchfall war. Hans suchte währenddessen hinter dem Rücken der Ärztin in dem Schrank, aus dem die Ärztin das Röhrchen für die Stuhlprobe entnommen hatte, nach dem Medikament für seine Fiebertherapie. Er schien es auch gefunden zu haben, denn es steckte in seiner Hosentasche, als die Polizei ihn später filzte, die von der Ärztin sofort gerufen worden war, nachdem sie sich Sarahs tiefen Blicken entwunden und umgedreht hatte.

Hans wurde zu vier Monaten Haft auf Bewährung verurteilt. Seitdem ging er nicht mehr aus dem Haus, und wenn, hielt er sich eine Jacke über den Kopf, eine zerschlissene Tennisjacke mit einem bunten Muster drauf. Er sagte, er möge die Sonne nicht, aber Sarah glaubte, es war ihm doch nicht egal, was die Leute von ihm dachten, sein Fall hatte nämlich in dem Lokalblättchen gestanden.

Es war ein paar Wochen nach der Verurteilung von Hans, dass Sarah den lieben Gott traf. Er war ein älterer, lieber, theoretischer Physiker, der in seinem Holzhäuschen neben einem Holzofen einen Staubsauger stehen hatte. Er hatte einen Bauchansatz und tatsächlich einen Bart, der aber grau und nicht weiß war, und seine Stimme war irgendwie belustigt und gleichzeitig ernst. Auch seine

Frau hatte dauernd so ein Schmunzeln im Gesicht. Sie war gleich alt wie er, vielleicht Anfang sechzig. Sie trug ein dezentes Blümchenkleid und war ganz schlank. Sie führten Sarah vor einen Spiegel, und Sarah sah sich in dem Spiegel mit Streifen weißer Schminke im Gesicht. Um ihren Hals hing an einer Schnur ein bläulicher Parfumflakon.

In ihrem Holzhäuschen standen ein Bett und ein Tisch und zwei Stühle, und der liebe Gott haute immer wieder auf den Holztisch, damit Sarah sehen konnte, dass er fest und echt war. Denn Sarah sah um sich herum lauter schwirrende Teilchen. Alles war miteinander verbunden und fließend. Der liebe Gott wollte Sarah wahrscheinlich sagen, dass sie die Welt, in die sie vorgedrungen war, verlassen musste. Der liebe Gott wollte sagen: »Für dich als Mensch ist dieser Tisch fest. Für dich ist die Welt konkret. Du kannst sie anfassen. Was mit ihr machen.« Er hat Sarah genau gesagt, was sie zu tun und was sie zu lassen habe. Und das hatte Sarah dann gemacht.

Ein Jahrzehnt später hatte Sarah auf einer Vernissage den Direktor der Psychiatrie getroffen, der sie das letzte Mal in einem Zustand gesehen hatte, in dem man es niemals für möglich gehalten hatte, dass ihr Leben einen derart glücklichen Verlauf nehmen würde. Der Direktor der Psychiatrie musste nicht fragen, wie es Sarah ging, man sah es ihr an, das Glück sprudelte geradezu aus ihren Augen, und ihre körperliche wie geistige Gesundheit blendete einen fast. Als der Direktor der Psychiatrie Sarah fragte, warum es ihr entgegen allen statistischen Voraussagen denn eigentlich so gut gehen würde, was Sarah dazu gebracht hat, als Vorzeigepatientin durch die Stadt zu laufen, da traute Sarah sich wirklich, ihm zu sagen, dass sie ihr Leuchten von einer persönlichen Begegnung mit dem lieben Gott hätte, in einer Zeit, da sie mit Mäusen zusammenlebte und mit Menschen ohne Zähne, die nackt herumliefen mit Fellen über den Schultern, als sie auf Stroh schlief, aus dem nachts kleine Käferchen krochen. Als sie ihre Psychose mal so richtig ausleben konnte bis zum Schluss, ohne dass sie gleich niedergemacht wurde durch all die Medikamente, die die einzige Antwort der Psychiatrie sind und bleiben, und Sarah war selbst überrascht über die Courage, das einem Direktor einer medizinischen Universitätsklinik so zu sagen, aber es war ihre Überzeugung, auch wenn sie Jahre vorher noch aus Angst, wieder in der Psychiatrie eingesperrt zu werden, mit dieser Meinung so ziemlich hinter dem Berg gehalten hätte, nicht mal in einer Andeutung davon gesprochen hätte, dass das Ausleben ihrer Psychose bis zu einem Punkt, wohin sie wollte, dazu geführt hatte, dass sie wieder normal geworden war, und zwar normal im positiven Sinne, und wirklich gesund, gesünder vielleicht als viele, die zwar funktionieren, aber unglücklich sind.

Nachdem der liebe Gott Sarah einen Tee aus Ringelblumen gebraut hatte, sagte er, dass das Sprechen mit dem lieben Gott auf Dauer nur wieder in die Psychiatrie führen würde und dass Sarah so ihrer eigentlichen Bestimmung als sein Geschöpf nicht gerecht werden konnte. Jetzt konnte Sarah hinter die Kulissen schauen, aber sie sollte ein unbewusster Zuschauer ihres eigenen Stückes sein. Es hing mit Computern zusammen und mit 3D-Druckern, so einen Drucker hatte der liebe Gott auch in seinem Häuschen stehen, neben dem Besen und der Kehrschaufel, und auf dem Drucker stand tatsächlich »Brother«.

Am Morgen nach dem Besuch beim lieben Gott und seiner Frau, noch während die anderen schliefen, rief Sarah ein Taxi. Der Taxifahrer trug einen Anzug und eine Krawatte. Sarah dachte, der liebe Gott habe ihn ihr geschickt und der Taxifahrer würde schon wissen, wohin er Sarah fahren solle. Der Taxifahrer gab ihr von dem Käsebrot ab, das seine Frau ihm geschmiert hatte. Es war ein besonders dunkles Vollkornbrot, mit Frischkäse anstatt mit Butter und dann noch mal mit einer dicken Scheibe Hartkäse. Er fand Sarah nämlich zu dünn. Er sagte, Sarah müsse viel Milch trinken. Er sagte, er nehme rosa Pillen, die machten alles ein bisschen rosarot, die habe er vom Arzt verschrieben bekommen, wegen Depressionen, was sei schon dabei. Sie fuhren kurvige Straßen durch den dunklen Tannenwald. Er erzählte Sarah von dem See, an den er mit seiner Frau immer in den Urlaub fahre. Er sitze an dem See und angele, und seine Frau sitze neben ihm.

Auf einem Parkplatz eines großen Einkaufszentrums hielt der Taxifahrer und sagte, wenn Sarah nicht wisse, wohin sie wolle, dann müsse sie jetzt hier aussteigen. Er könne sie schließlich nicht immer weiterfahren. Er müsse zurück zu seiner Frau. Sarah stieg aus und rief Frau Selberg an.

Zwei Stunden später hielt ein verbeulter weißer Mitsubishi vor Sarah.

Frau Selberg fuhr in eine Tiefgarage in der Freiburger Altstadt. Die Lichter im Auto gingen aus, es wurde kalt. Frau Selberg sagte: »Ich weiß auch nicht, warum ich das tue. Früher habe ich Mutter Theresa bewundert. Inzwischen sehe ich das realistischer mit den Heiligen. Auch die Heiligen wollen etwas von denen, denen sie helfen.« In dem Treppenhaus des Parkhauses, in dem es angenehm nach Benzin roch, war mit roter Farbe an die Wand gesprüht: »Du bist im System.« Draußen flanierten japanische Touristen mit einem Eis in der Hand. Das Kopfsteinpflaster auf dem Marktplatz sah reingewaschen aus und versprühte den Geruch von nassem Stein. Es hatte gerade aufgehört zu regnen.

Das Haus, in dem Frau Selbergs Praxis war und sie in einer darüberliegenden Wohnung auch wohnte, war in der Zwischenzeit mit einem Baugerüst umstellt worden. Über den Fenstern hingen Plastikplanen. Im Treppenhaus war es staubig.

Frau Selberg brachte Sarah im Arbeitszimmer ihres Mannes unter, der für ein Jahr in Boston auf einem Forschungsaufenthalt war. Kurz bevor er gefahren war, hatte Frau Selberg an die Badezimmerwand gelehnt gestanden, während er sich die Zähne geputzt hatte. Frau Selberg hatte gesagt: »Du widerst mich an. Du drehst dich nur um dich selbst. Du erzählst mir, dass dein Gepäck geklaut wurde, und ich weiß nicht mal, wie ich die Umzugskartons ausräumen soll mit meinen vom

Rheuma geschwollenen Handgelenken.« Ihr Mann hatte den Zahnpastaschaum ins Waschbecken gespuckt und gesagt, sie solle sich eine Cortisonspritze geben lassen. Aber Frau Selberg wollte kein Cortison mehr nehmen. Sie wollte, dass sich in ihrem Leben etwas änderte.

Während der Sache mit Sarah hatte sie etwas geändert, auch wenn es sich eher so anfühlte, als wäre ihr etwas *widerfahren*, etwas Unabänderliches, das nicht in ihrer Macht gestanden hatte. Dieses Mächtige hatte sie dazu gebracht, sich gegen die Angst zu stellen. Frau Selberg hatte unglaubliche Angst. Sie hatte Angst, ihre ganze Lebensgrundlage zu verlieren, ohne alles dazustehen, ohne Beruf, ohne Geld, geächtet, ohne das Gerüst von Moral, das sie sich in Jahrzehnten als Vorstandsmitglied des Psychoanalytischen Institutes aufgebaut hatte. Sie hatte hart geurteilt über Kollegen, die über ihr Verhältnis mit ihren Patientinnen gesagt hatten: »Aber wir lieben uns doch so.« Frau Selberg hatte sie darauf verwiesen, dass Liebe auch ein Nein bedeuten könne zum Schutz des anderen.

Frau Selberg stand für eine altmodische Position, die in den neuen Strömungen der Psychoanalyse so nicht mehr vertreten wurde, nämlich die der totalen »Abstinenz« des Analytikers. Der Analytiker durfte nichts Privates von sich preisgeben und sich im Leben nicht auf eine Beziehung mit dem Patienten einlassen, die über das bloße Analysieren der Übertragung und Gegenübertragung hinausging. Und jetzt stand sie selbst da, am Fenster, las die Briefe, die Sarah ihr geschrieben hatte, und sagte zu Sarah: »Hier stehe ich, da am Fenster, und lese Ihre Briefe.« Frau Selberg hörte, wie hilflos sie klang. Es klang wie: »Ich stehe da am Fenster und falle gleich raus und kann nichts dagegen machen.«

Die Angst ergriff Frau Selberg so sehr, dass sie auf dem Markt, wo sie ihr Gemüse kaufte und wo sie normalerweise mit allen möglichen Bekannten ein Schwätzchen hielt, alle nur noch knapp grüßten und sich dann abwandten. Frau Selberg merkte selbst, wie ihre Ausstrahlung erstarrt war und sie nur noch im Funktionsmodus war, ohne Freude an nichts, nur noch in der Angst, dass alles so bleibt, wie es ist, und nicht durch ihre sicherlich vorübergehenden Gefühle für eine Patientin zerstört würde. Sie musste sich im Griff behalten.

Frau Selberg hatte Angst um ihre Zulassung bei der Kassenärztlichen Vereinigung. Sie hatte Angst um ihr Einkommen, und damit um ihre Wohnung, die sie vor ein paar Jahren für viel zu viel Geld gekauft hatte, wofür sie jeden Monat eine Rate von über zweitausend Euro an die Bank zahlen musste. Die Schönheit ihrer Wohnung machte sie zufrieden. Sie hatte sie mit Inbrunst renoviert, eingerichtet und dekoriert. Die Fenster im Wohnzimmer waren oben rund geschwungen und reichten bis zum Boden. Sie hatte sich ihren Traum erfüllt, einen Whirlpool zu haben. Im Winter konnte sie in dem Whirlpool auf der Dachterrasse unter einer Plexiglaskuppel liegen und die Sterne sehen.

Frau Selberg hatte sich an bestes Essen gewöhnt, an frischen Fisch und teuerstes Obst, sie holte ihr Brot von einer Feinkostbäckerei und trank gerne einen Primitivo, von dem eine Flasche zwanzig Euro kostete. Frau Selberg finanzierte ihren Mann, der stets nur befristete Verträge als Gastwissenschaftler an wechselnden Instituten bekam, weil sein Forschungsgebiet so orchideenhaft war. Seine Theorie, an der er sein Leben lang arbeitete, wäre genial gewesen, hätte sie gestimmt. Aber vor ein paar Jahren hatten sie durch einen Versuch mit einem Teilchenbeschleuniger herausgefunden, dass die Theorie zwar schön war, aber nicht der Welt entsprach, wie sie war. Seitdem war es für ihn deutlich schwerer geworden, überhaupt noch etwas zu verdienen, er freute sich schon, wenn er irgendeine Anbindung an ein Institut bekam, auch wenn die Stelle unbezahlt war.

Frau Selberg hatte Sarah aus Angst abgeschoben, aus Angst um Sarah, aber auch um sich selbst. Sie hatte gespürt, dass ein Damm gebrochen war, das war ihr Bild. Deshalb hatte sie Sarah in die Psychiatrie gebracht. Aber jetzt spürte sie, dass sie damit in Sarah etwas kaputtgemacht hatte, das wichtiger und wertvoller war als Frau Selbergs Wohnung und Frau Selbergs Stand in der Gesellschaft. Neben den Gesetzen des Staates gab es ein Gesetz des Lebens, und Frau Selberg hatte an das Gefühl gedacht, das sie hatte, wenn es regnete. Sie hatte dann nämlich das Gefühl, mit Gott verbunden zu sein durch den Regen, das hatte sie noch nie jemandem erzählt, aber immer wenn es regnete, stellte sie sich nackt auf ihre Dachterrasse und ließ sich vollregnen.

Und dann kam das Rheuma wieder, so stark, wie sie

es noch nicht kannte. Ihre Handgelenke und ihre Fußgelenke schwollen an, sie konnte kaum noch die Tasse halten mit dem grünen Tee mit Vanillegeschmack, den sie den ganzen Tag über trank. Grüner Tee war gut gegen Rheuma, aber jetzt half er ganz offensichtlich überhaupt nicht.

Es war der Schmerz, ein harter körperlicher Schmerz, der Frau Selberg in die Knie gezwungen hatte, nicht vor dem System, das durch die Angst aufrechterhalten wurde, sondern vor dem Lebendigen. Etwas sehr Lebendiges in ihr wehrte sich, wies ihr die Richtung, auch wenn sie wusste, dass es ihr gesellschaftlicher und wirtschaftlicher Untergang war.

Frau Selberg zeigte auf die vollen Bücherregale, die bis unter die Decke reichten, und sagte: »Mein Mann ist Physiker. Er arbeitet derzeit am Max-Planck-Institut. Er ist ständig auf Konferenzen.« Sarah sagte nichts, aber in Sarahs Blick schien Frau Selberg einen Kommentar gesehen zu haben, den Sarah in diesem Moment gar nicht im Sinn gehabt hatte. Frau Selberg sagte: »In meinem Alter hat man kein so großes Kuschelbedürfnis mehr. Ich arbeite sehr viel und finde darin meine Erfüllung.« Und wie um Sarah ihr wunderschönes Leben beweisen zu müssen, das Sarah gar nicht angezweifelt, sondern im Gegenteil immer vorausgesetzt hatte, sagte Frau Selberg: »Ich werde jeden Morgen von der Sonne geweckt, die in mein Schlafzimmer scheint. Ich habe die Wohnung danach ausgesucht. Ich wollte ein Schlafzimmer, in das morgens die Sonne scheint. Ich habe die Wohnung ohne meinen

Mann ausgesucht. Meinem Mann sind solche Dinge wie Sonne egal. Ihm war die Nähe zu seinem physikalischen Institut wichtig. Als ich meinem Mann gesagt hatte, dass die Wohnung in derselben Straße sei wie sein physikalisches Institut, hat er zugestimmt, ohne die Wohnung je gesehen zu haben.«

Sarah lag in dem schmalen Bett in der weißen, mit weißem glänzenden Faden bestickten Bettwäsche, die so dünn geworden war vom vielen Waschen, dass sie sich so sanft anfühlte, wie Sarah sich Frau Selbergs Haut vorstellte, ebenfalls dünn geworden im Laufe der Jahre, jederzeit in Gefahr, zu reißen oder verletzt zu werden, kaum noch ein Schutz. Sarah konnte nicht einschlafen und schaute, wie das Licht der Straßenbeleuchtung auf die Buchrücken fiel, auf denen meistens etwas von »Supersymmetrie« stand. »Wenn seine Theorie gestimmt hätte, dann hätte er den Nobelpreis gekriegt«, hatte Frau Selberg gesagt. Frau Selberg hatte Sarah erklärt, dass ihr Mann sich ein Weltbild erdacht hatte, in dem jedem Teilchen ein genau passendes Gegenstück zugeordnet werden konnte. Sarah hatte die Theorie sofort geglaubt, denn sie selbst bestand ihrem Wissen nach – es war das einzige sichere Wissen, das sie in sich trug –, sie bestand ausschließlich aus Teilchen, die eine genaue Entsprechung hatten, und diese Gegenteilchen formten Frau Selbergs Körper. Sarah fühlte sich von Frau Selbergs Körper auch durch die Wände hindurch angezogen wie von einem Magneten, und sie wusste, der ganze Wirrwarr und Aufruhr in ihr selbst würde enden und Ruhe geben, wenn sie an Frau Selbergs Körper läge. In Frau Selbergs Arm zu liegen, vielleicht ihr Herz zu hören, war der tiefste Wunsch, den sie hatte. Sie überlegte, wie es wäre, wenn sie sich einfach zu Frau Selberg ins Bett legen würde. Sie tappte, mit dem zu großen weißen Unterhemd des abwesenden Ehemannes von Frau Selberg bekleidet, in Richtung von Frau Selbergs Schlafzimmer. Die Tür war nur angelehnt, und Sarah ging ohne zu klopfen hinein. Frau Selberg lag auf dem Rücken, den Kopf auf ihrem rechten Unterarm. Sie schlief nicht, das sah Sarah ihrem Gesicht an. Aber Frau Selberg hatte die Augen geschlossen. Sie musste Sarah hören, die Tür machte ein Geräusch, und Sarahs Schritte ließen den Dielenboden knarren. Frau Selberg öffnete nicht die Augen. Sie zog nur ihren Unterarm, auf dem ihr Kopf ruhte, weg und legte ihn quer über das Kissen neben sich. Frau Selberg holte Luft, ließ die Augen geschlossen, und Sarah legte sich rechts neben Frau Selberg und ihren Kopf auf Frau Selbergs Arm auf dem Kissen. Nach einer Weile drehte Sarah sich auf die Seite mit dem Rücken zu Frau Selberg. Frau Selberg drehte sich auch auf die Seite und legte ihre Arme auf Sarahs Rücken. Frau Selbergs Gesicht und ihre Nase und ihre Augen waren jetzt ganz nah an Sarahs Nacken. Sarah spürte Frau Selbergs Atem in ihrem Nacken. Frau Selberg legte ihren Mund auf Sarahs Haaransatz, es fühlte sich so an, als hätte Frau Selberg ein paar von Sarahs Haaren im Mund, denn in Sarahs Nacken mischten sich die Haare mit Spucke. Frau Selberg und Sarah bewegten sich nicht. Sie lagen nur da. Nach einer Zeit drehte Frau

Selberg sich mit dem Rücken zu Sarah. Beide schliefen ein.

Sarah spürte, dass dieses Nebeneinanderschlafen das Einzige war, was sie im Leben wollte. Jeden Abend lag Frau Selberg mit ihrem Kopf auf ihrem rechten Unterarm mit geschlossenen Augen, und wenn die Dielen knarrten, legte sie den Arm neben sich aufs Kissen, und Sarah legte ihren Kopf auf den Arm. Jeden Morgen um sieben stand Frau Selberg auf und hatte dann von acht Uhr an einen Patienten nach dem anderen, mit einer zweistündigen Mittagspause von zwölf bis zwei. Frau Selberg sagte, es wäre ein schönes Gefühl, wenn in der Wohnung noch jemand schlafe, während sie unten schon arbeite. Das war alles, was Frau Selberg jemals zu ihren gemeinsamen Nächten sagte. Sie empfing Sarah mit geschlossenen Augen und verließ das Bett, wenn Sarahs Augen noch geschlossen waren.

Sarah wurde ruhig bei Frau Selberg und bekam wieder ein Gefühl dafür, dass die Welt und der Tag einen Anfang und ein Ende hatten, und sie schlief wieder. »Es gibt keine Psychose ohne Schlafstörungen«, sagte Frau Selberg, und: »Sie schlafen«, das kriegte sie ja mit, und in diesem Zusammenhang sprach sie also einmal aus, dass sie an Sarahs Schlafen teilhatte.

Sarah war sieben Monate bei Frau Selberg, in denen sie die Wohnung nicht verließ. Nur ab und zu fuhr Frau Selberg Sarah in ihrem Mitsubishi durch die Gegend, damit Sarah etwas anderes sah. Aber Sarah sah nichts von den Dingen, die draußen an ihnen vorbeirasten. Sarah schaute nur nach innen und genoss das Gefühl, von Frau Selberg gefahren zu werden. Einmal nahm Frau Selberg Sarahs Hand und legte sie unter ihre eigene auf dem Schalthebel.

Sarah und Frau Selberg vermuteten, dass Sarah von der Polizei gesucht wurde. Denn Sarah durfte nicht mehr selbst bestimmen, wo sie sich befand, das »Aufenthalts-bestimmungsrecht« hatte ein staatlicher Betreuer, und zuletzt hatte sie in dem Sanatorium sein sollen. Deshalb ging Sarah auch nicht mit joggen, was sie gerne getan hätte, wenn Frau Selberg am Wochenende loslief und ihre Runden drehte. Sarah schaute dann aus dem Fenster und wartete auf Frau Selberg, die, wenn sie zurückkam, erzählte, welche Vögel sie gehört hätte: »Heute war ein Wintergoldhähnchen im Park.« Frau Selberg konnte heimische Singvögel an ihrem Gesang erkennen, Vögel, die Sarah nicht mal ihrem Namen nach kannte.

Frau Selberg juchzte, wenn ein Rotkehlchen aus dem Schälchen trank, das sie für die Vögel auf der Dachter-rasse aufgestellt hatte. Es kam auch eine Amsel, und Frau Selberg war davon überzeugt, dass es immer dasselbe Rot-kehlchen und dieselbe Amsel seien. Frau Selberg redete auch ganz zärtlich mit den Bienen, wenn sie auf dem Küchentisch nach Süßem suchten. Frau Selberg nahm dann ein Glas und einen Bierdeckel, den sie eigens für diese Aktion bereithielt, und manövrierte sie aus dem Fenster heraus.

Frau Selbergs Gefühl für die Schöpfung, dieser Begriff kam Sarah in den Sinn, wenn Frau Selberg ihre Pflan-zen streichelte oder den in der Vogelbadewanne herumspritzenden Vögeln zujuchzte, übertrug sich auf Sarah. Sarah bekam zum ersten Mal ein Gefühl dafür, dass es etwas Wunderbares war, in dem sie sich befand, und auch, was sie selbst war, etwas rundherum Gutes. Für Sarah war es wie ein immerwährender Gottesdienst, den Frau Selberg um Sarah herum vollzog und der Sarah langsam in Fleisch und Blut überging. Dieses Gefühl, sich in einem sinnhaften Ganzen zu befinden, hatte Sarah vorher nie gehabt. Sie war mit Intellektuellen aufgewachsen, die die Welt auseinandernahmen, anstatt sie zusammenzusetzen. Die intellektuellen Freunde ihrer Eltern wollten selbst die Schöpfer sein und nicht Geschöpfe. Es war unter ihrer Würde, an eine Schöpfung zu glauben. Sie hatten ihr Gehirn und standen damit über der Natur. Wenn Sarah heute eine Sache sagen sollte, mit der Frau Selberg ihr am meisten geholfen hatte, dann würde sie das sagen: dass Frau Selberg ihr eine Art Glauben vermittelt hat, den sie vorher nicht gekannt hat. Kein Glaube, der mit einer Religion zusammenhing, sondern einer, der einfach dazu führte, dass Sarah sich in der Welt zu Hause fühlte, und auch in sich selbst.

Überhaupt nicht dazu passten die Bücher, die Frau Selberg für ihre Literaturgruppe las. Jeden Monat wurde ein neues Buch besprochen, und jedes halbe Jahr wechselte das Land, aus dem die Autorinnen und Autoren kamen. Während Sarah bei Frau Selberg wohnte, las die Literaturgruppe Romane aus Tschechien. Die Bücher, die Frau Selberg in dieser Zeit lesen musste, lagen in einem Karton neben Frau Selbergs Bett. Für Frau Selberg war dieser

Karton eine Last. Es machte ihr keinen Spaß, die Bücher zu lesen. Frau Selberg sagte: »Aber es ist unsere Pflicht, sich mit den Problemen der Welt zu befassen. Uns mit der Welt, wie sie ist, auseinanderzusetzen.« Während Frau Selberg den Problemen ihrer Patienten zuhörte, las Sarah sämtliche Bücher in dem Karton und auch viele der Bücher, die in dem dunklen Holzregal im Wohnzimmer standen. Jetzt verstand Sarah, warum Frau Selberg einmal so bestimmt zu Sarah gesagt hatte, als sei das die wichtigste Lebensweisheit, die sie Sarah mitgeben konnte: »Leben ist Leiden.« Sarah hatte sich damals gewundert, als Frau Selberg während der Therapiestunde mit Sarah, die davon erzählte, wie gut es ihr ging, immer wieder betonte: »Leben ist Leiden«, so, als wolle sie das Leiden aus Sarah herauslocken. Sarah war es nämlich wirklich gut gegangen. Immer, wenn sie bei Frau Selberg war, ging es ihr gut, und da wollte sie nicht daran denken, dass es ihr ansonsten nicht gut ging.

Den Menschen in den Büchern ging es niemals gut. Die meisten wollten sich an einem bestimmten Punkt umbringen, der eine wollte sogar den fünfjährigen Sohn seiner Exfreundin umbringen. Sarah überzeugte Frau Selberg davon, die Bücher, die Frau Selberg quälten, in dem Karton liegen zu lassen und stattdessen »Asterix und Obelix« zu lesen oder maximal die Tageszeitung. Die Zeitung las Frau Selberg täglich. Die Tagespolitik, die Frau Selberg nicht interessierte, *hielt sie in der Zeit*, wie sie es nannte. Denn die Verrückten, mit denen Frau Selberg tagsüber arbeitete, lebten außerhalb der Zeit. Aus dem-

selben Grund sah Frau Selberg jeden Abend die Tagesschau.

Nach der Tagesschau erzählte Frau Selberg Sarah von
Indien, wo sie geboren worden war. Frau Selberg zeigte
Sarah ein Foto, auf dem ein Elefantenkopf war, den Frau
Selberg auf die Stirn küsste. »So süß, mit den abstehen-
den Haaren«, sagte Frau Selberg. Frau Selbergs Eltern hatten in Indien als Ärzte gearbeitet. Frau Selberg hatte eine
Amme gehabt, mit der sie auch Hindi gesprochen hatte.
»Aber als ich fünf war, sind wir zurück nach München
gezogen. Meine Eltern wollten, dass wir eine gute Erzie-
hung bekommen. Aber ich hatte Angst vor den Bergen.
Und ich wollte zurück zu der Frau.« Frau Selberg erzählte,
dass sie schon damals das Rheuma entwickelt hatte. »Mit
dreizehn musste ich operiert werden. Meine Knie waren
ganz zertrümmert. Ich habe Morphium bekommen gegen
die Schmerzen und von dem Morphium Halluzinationen. Ich wusste, das darf ich niemandem erzählen. Meine
Eltern sind ja beide Ärzte, wissen Sie. Ich wusste, da bin
ich in einer Schiene. Vielleicht bin ich deshalb Psycho-
therapeutin geworden. Ich war immer das schwarze Schaf
in der Familie.«

Jeden Abend stieg Frau Selberg in ihren Whirlpool auf
ihrer Dachterrasse. Die Wanne hatte eine Herzform, jede
der beiden Herzhälften bot einen Platz zum Sitzen und
Anlehnen, aber Frau Selberg bot Sarah niemals einen
Platz in dem Whirlpool an, und Sarah traute sich auch
nie, danach zu fragen. Sie sah Frau Selberg zu, wie sie in
ihrem schwarzen Badeanzug in dem in wechselnden Far-

ben beleuchteten Whirlpool saß, die Augen geschlossen, den Kopf in den Nacken gelehnt, das Sprudeln genießend. Mal sprudelte das Wasser rot, dann grün, dann gelb, dann blau. Die Farben spiegelten sich in den CDs, die Frau Selberg an die schwarzen Holzraben gehängt hatte, um die Tauben abzuwehren, die sonst ihre wohlgehegte Terrasse vollgeschissen hätten. Die Holzraben hatte Frau Selberg selbst ausgesägt, sie machte gern handwerkliche Arbeiten. Einmal hatte Sarah gesagt: »Können wir uns denn nicht einmal wenigstens an den Händen halten?« Dass sie jede Nacht eng aneinandergekuschelt schliefen, schien für Sarah noch nicht genug zu sein, und es war ja auch etwas, was es in ihrer ausgesprochenen, wachen Realität nicht gab. Wenn sie die Augen offen hatten, berührten Sarah und Frau Selberg sich nicht. Aber Sarah hätte Frau Selberg gerne einmal von ganz Nahem in die Augen gesehen und dabei ihre Hände gehalten. Mehr wollte sie eigentlich gar nicht, damit wäre sie für ihr Leben zufrieden gewesen. Sarah versuchte, ihrem Wunsch Nachdruck zu verleihen, und lobte Frau Selbergs Hände, wie schön sie seien, aber Frau Selberg sagte: »Jetzt schauen Sie doch mal richtig hin. Ich habe richtige Bauarbeiterhände.« Sarah, die nie hinschaute, sondern sich auf den inneren Eindruck verließ, den die Außenwelt auf sie machte, schaute zum ersten Mal auf Frau Selbergs Hände, die in ihrer Vorstellung immer ganz fein und zart waren. Aber Frau Selberg hatte recht. Ihre Hände waren Pranken, wie zum Packen von Werkzeug. Und Frau Selberg benutzte sie. In der Zeit, als Sarah bei Frau Selberg wohnte, schliff Frau Selberg eine alte Holztruhe ab, mit Inbrunst und Ausdauer scheuerte sie wochenlang mit Schmirgelpapier an ihr herum und sah nach jeder Stunde Schmirgeln hochzufrieden aus. Sie strich sechs Stühle, die vorher braun gewesen waren, knallrot an. Sie schleppte riesige Töpfe für zwei Magnolienbäumchen das Treppenhaus herauf, woraufhin sie einen Hexenschuss bekam und zehn Tage die Patienten nur liegend therapieren konnte, während die Patienten saßen.

Frau Selberg freute sich, wenn Sarah ihr etwas Vegetarisches zubereitete. Fenchelsalat mit Ziegenkäse und Dill, solche Sachen mochte sie. Alles musste einfach und doch ein bisschen speziell sein. Sie aß mit großem Hunger, trank dazu den grünen Tee, redete mit vollem Mund, brach das Brot mit ihren Bauarbeiterhänden.

Eines Morgens, als Frau Selberg gerade die Tageszeitung las und Sarah eines der Bücher, in denen es um die Schlechtigkeit des Lebens ging, klingelte es. Die Polizisten, ein Mann und eine Frau, begrüßten Sarah und Frau Selberg mit Handschlag. Die Polizistin fragte in freundlichstem Ton: »Sie sind Frau Frühwald?«, so, als hätte Sarah einen Preis gewonnen. Sarah nahm ihren Mantel und ging mit.

Diesmal wurde Sarah das Medikament injiziert. In der ersten Nacht mit dem Medikament träumte Sarah, dass sich Eisenplatten von innen durch ihre Brust schoben. In den folgenden Nächten wuchs der Eisenpanzer weiter. Es war kein Panzer, den man außen trug, sondern einer, der sich innerlich ausbreitete, in den Adern, im Magen, der Lunge, im Herzen. Es war ein flüssiges Eisen, das sich im ganzen Körper verteilte und dann erstarrte.

Frau Selberg bekam von Sarahs Eltern und den Ärzten vorgeworfen, sie hätte nicht frühzeitig erkannt, dass Sarah sich in einem magischen Beziehungswahn befände. Dass sie ihn sogar noch befördert habe, indem sie Sarah bei sich zu Hause aufgenommen habe. Sie zeigten sie bei der Psychotherapeutenkammer an, worauf es ein langwieriges Verfahren gab vor diversen Ethikkommissionen. Während dieser ganzen Zeit rief Frau Selberg Sarah nur ein einziges Mal an. Sie weinte und sagte, sie sei am Ende. Diese ganzen Bürokraten hätten in riesigen roten Sesseln erhöht vor ihr gesessen, im Kreis, und sie in der Mitte, und sie hätten sie behandelt wie eine Verbrecherin. Sie hatte so starke Rückenschmerzen entwickelt, dass sie gar nicht mehr sitzen könne. Schon deshalb werde sie ihren Beruf nicht mehr ausüben, und es sei ihr egal, dass ihr die Approbation entzogen worden sei. Sie würde nur noch Cranio machen ab jetzt und Ayurveda, da könne sie stehen und mache wenigstens etwas wirklich Wirksames, nicht immer nur reden. Sie weinte und legte dann irgendwann einfach auf. Ihre Stimme war wie die von jemandem, der getreten wird und der aufgehört hat, sich zu wehren.

Die anderen Analytiker lästerten derart über Frau Selberg, dass sie schließlich wegzog. Sie fühlte sich so unwohl, dass sie sich ohne ihren Mann eine Wohnung in

einer anderen Stadt nahm. Sie schrieb Sarah in einer
ihrer letzten E-Mails ihre neue Adresse, damit sie sich
im Notfall an sie wenden könne. Im Notfall würde sie
an Sarahs Seite stehen. Sarah schaute sich auf Google
Earth das Haus und die Gegend an, wohin Frau Selberg
gezogen war. Zuerst sieht man bei Google Earth den ganzen Globus, dann ist es, als sause man auf einen bestimmten Punkt zu, man bekommt Angst, auf der Erde auf-
zuprallen und zu zerschmettern, so schnell rast man auf
die Erde zu, doch kurz vor dem Aufprall wird das Sausen
langsamer, Häuser werden sichtbar und plötzlich landet
man bei der Adresse, die man eingegeben hat. Das Haus,
in das Frau Selberg gezogen war, war ein großes Miets-
haus, ein Kasten.

Jahre später bekam Sarah ihre Krankenakte zu lesen. Sie
fand darin die Stellungnahme zu ihrem Fall durch einen
Oberarzt, der Doktor Kiefer hieß. Herr Kiefer, hatte Sarah
damals gedacht, hieß »Kiefer«, weil er sie zu zermalmen
gedachte. Das ist die Logik eines Schizophrenen. Die irre
Deutung von allem, in der aber oft ein Fünkchen Wahr-
heit steckt. Das Überzogene ist das Verrückte. Aber Herr
Kiefer hatte niemanden zermalmen wollen. Er hatte im
Gegenteil Frau Selberg in Schutz genommen. Er hatte
geschrieben, dass Frau Selberg lediglich die Kruste von
einer Wunde gekratzt habe, die entzündet tief unten in
Sarah vor sich hinschwelte und früher oder später ohnehin zu einem Kollaps des ganzen Systems geführt hätte.
Frau Selberg habe Sarah das Vertrauen eingeflößt, das
nötig gewesen war, die Wunde zu öffnen, damit der Eiter

rausfließen könne. Wie es dann gelaufen sei, sei natürlich
»fatal« gewesen, dieses Wort benutzte er.

Direkt nach der Psychiatrie schrieb Sarah eine Doktor-
arbeit über John Rawls. Wahrscheinlich war die Arbeit
nicht besonders originell, aber auch nicht schlecht dafür,
dass Sarah nicht mehr selbständig denken konnte wegen
der Medikamente. Sarah konnte noch wiederkäuen, und
das ist in der Wissenschaft ja bis zu einem gewissen Grad
erwünscht. Sarahs Mutter fuhr mit ihr in ein vornehmes
Hotel an der Ostsee. Man frühstückte in Strandkörben
sitzend mit Blick aufs Meer. In diesen Strandkörben beim
Frühstück las Sarahs Mutter die Arbeit ihrer Tochter über
John Rawls. Sie unterstrich mit einem Bleistift einzelne
Wörter. Sie redeten kein einziges Wort über die Psychiatrie
und auch nicht darüber, wie Sarah sich fühlte oder wie es
mit ihr weitergehen sollte, welche Wünsche und Hoffnun-
gen oder Ängste Sarah hatte. Sie redeten über John Rawls.
Den Schleier des Nichtwissens. Das Einzige, was Sarahs
Mutter an Persönlichem zu ihr sagte, war an einem Mor-
gen: »Du hast geschlafen wie tot.«

Alles, was Sarah in den folgenden Jahren tat, tat sie für
Frau Selberg. Überhaupt aufzustehen, obwohl die Medikamente machten, dass sie nichts mehr anderes wollte
außer schlafen. Auch das: traumlos, wie ihr ganzes Leben,
das noch vor ihr lag, ohne Hoffnung, sich jemals wieder
verlieben zu können, dafür fehlten die nötigen Neuro-
transmitter, die von den Medikamenten weggepuffert
wurden. Keine Hoffnung, sich jemals wieder lebendig zu
fühlen, etwas Kreatives machen zu können, auch das geht

nicht ohne körpereigenes Dopamin, das die Neuroleptika niedermachen. Die Aussicht, fett zu werden und aufgedunsen; viele nehmen vierzig Kilo zu durch die Medikamente. Deshalb ging Sarah schwimmen, jeden Morgen, sie wollte nicht fett sein, wenn sie Frau Selberg wieder begegnen würde, vielleicht, irgendwann.

Für Frau Selberg machte Sarah ihr juristisches Referendariat. Sie arbeitete am Amtsgericht in einem kleinen Ort unweit der Stadt, wo man in der Mittagspause entweder nur Bratwurst oder Kartoffelpuffer essen konnte in einem nahe gelegenen Brauhaus. Weil Sarah den Rest des Tages alleine am Schreibtisch saß, ging sie mit ihren Kollegen mittags in das Brauhaus und aß jeden Tag Kartoffelpuffer, die nach schlechtem Fett schmeckten. Wegen der Medikamente trank sie nie Alkohol. Im Winter trank sie einen Früchtetee mit Zimtgeschmack, im Sommer einen Kräutertee mit Süßholz.

Sarah schickte Frau Selberg jedes Jahr zu Weihnachten einen Umschlag mit ihren Versuchen, ein Buch zu schreiben, das Frau Selberg glücklich machen würde. Die ganzen Bücher, die sie bei Frau Selberg gelesen hatte, hatten Sarah auf die Idee gebracht, einmal ein Buch zu schreiben, von dem man weinen muss vor Glück. So hatte Ingeborg Bachmann es mal vorgehabt, aber dazu war es ja leider nicht mehr gekommen.

Am Ende des Jahres lochte Sarah die vollgeschriebenen Blätter und heftete sie in einen Ordner aus blauer Pappe. Den Ordner schob sie in einen großen braunen Briefumschlag, mit dem sie sich auf der Post anstellte. Da

Sarah den Briefumschlag jedes Jahr zur Weihnachtszeit losschickte, war die Schlange immer so lang, dass Sarah eine Stunde warten musste. Alle wollten Pakete abgeben, aber bei keinem sah das Abschicken der Pakete so dringend aus wie bei Sarah. Für Sarah war es der wichtigste Moment des Jahres.

Zu ihren ersten Schreibversuchen schrieb sie einen kleinen Brief und steckte ihn mit einer CD von Beethovens 5. Klavierkonzert in den Umschlag. Das Adagio aus dem 5. Klavierkonzert hatte Sarah immer eine Ahnung davon gegeben, was an Erleben möglich gewesen wäre, während sie in ihrer gefühllosen Erstarrung gelebt hatte. Die Erstarrung war durch Frau Selberg und auch ihre Psychose aufgebrochen worden, bis sie durch die Medikamente wieder herbeigeführt worden war.

*Liebe Frau Selberg,*

*seit es mir wieder gut geht, habe ich einen Entschluss gefasst: Ich will unsere Geschichte aufschreiben. Ich will Ihnen eine kleine Erzählung schreiben. Ich habe ihre Stimmung genau vor Augen. Wie eine Landschaft. Ein bescheidenes Bauernhaus. Davor ein Weiher. Eine Frau mit Hut steht mit hochgekrempelten Hosen im flachen Wasser, auf ihrem Arm ein Kind. Ich habe Angst, dass die Geschichte kitschig wird. Es wird zwanzig Jahre dauern, schätze ich. Zwanzig Jahre sind eine realistische Zeit. Damit sie nicht kitschig wird. Schließlich schreibe ich sie jeden Tag neu, beginne von vorn, schreibe sie um, fertige Skizzen an. Von einem Tag Arbeit bleibt vielleicht ein Satz, ein Absatz übrig, höchstens, den ich für gut befinde. Wenn es vorangeht, das Schreiben, und ich*

*dann keine Zeit mehr dafür habe, werde ich nervös. Ich fluche*
*leise vor mich hin, wenn mir die Menschen keinen Platz lassen,*
*damit ich schneller vorankomme auf dem Gehweg.*

Einige Tage später bekam Sarah von Frau Selberg eine
E-Mail, die nachts um drei abgeschickt worden war.
Nachts um drei war Frau Selberg oft aufgewacht. Sie war
dann aufgestanden, und Sarah war ihr hinterhergetappt,
und sie fand Frau Selberg immer am Küchentisch sitzend, einen Apfel schälend. Frau Selberg sagte, es sei
nach der chinesischen Medizin normal, nachts um drei
aufzuwachen. Da würden die inneren Organe anfangen
zu arbeiten. Sie schälte auch Sarah einen Apfel, schälte
immer mehr Äpfel, bis ein ganzer Berg von Schalen vor
ihnen auf dem Tisch lag, und dann gingen sie wieder
zurück ins Bett. Diesmal hatte Frau Selberg folgende
E-Mail geschrieben:

*Liebe Frau Frühwald!*
*Während ich diese E-Mail schreibe, höre ich das 5. Klavierkonzert*
*von Ludwig van Beethoven. Ich höre gerade das wunderbare*
*Adagio. Mein Vater spielte das Klavierkonzert immer, wenn nach*
*unerträglich heißen, schwülen Tagen endlich der schwere Tropen-*
*regen einsetzte. Für uns war es eine Hymne des Friedens, der Ver-*
*bundenheit mit Gott, der Dankbarkeit. Ich saß dann neben mei-*
*nem Vater auf der Terrasse und schaute in den dichten, schweren,*
*warmen Regen. In meinem Herzen breitete sich ein unendliches*
*Glücksgefühl aus. Bei meiner Geburt setzte auch der Regen ein.*
*Ich habe mich deswegen sehr über die wunderschöne CD gefreut,*

die Sie mir geschenkt haben. Ich schicke Ihnen den reinigenden Regen, den ich in meinem Herzen spüre, wenn ich das Konzert höre. Ich freue mich, dass Sie gute Sachen schreiben wollen. Ich freue mich, dass ich Ihnen helfen durfte und dass Sie meine Hilfe so dankbar und liebevoll angenomm18en haben. Vielleicht findet die Autorin für unsere Geschichte einen friedlichen, liebevollen, versöhnlichen Abschluss. Vielleicht schenkt mir die Autorin auch eines Tages die gesamte Geschichte. Ich würde mich sehr darüber freuen.

FSC
www.fsc.org

MIX

Papier | Fördert
gute Waldnutzung

FSC® C014496

© Frankfurter Verlagsanstalt GmbH,
Frankfurt am Main 2023
Alle Rechte vorbehalten
Lektorat © Frankfurter Verlagsanstalt
Umschlaggestaltung und Herstellung: Laura J Gerlach
Unter Verwendung eines Motivs von:
© Valentino Sani/Trevillion Images
Satz: psb, Berlin
Druck und Bindung: GGP Media GmbH, Pößneck
Printed in Germany
ISBN 978-3-627-00309-8